BARBARA CARTLAND

la princesse orgueilleuse

traduit de l'anglais par H. de Lavergne

Éditions J'ai Lu

Ce roman a paru sous le titre original :

THE PROUD PRINCESS

© Barbara Cartland
Pour la traduction française :
© Librairie Jules Tallandier, 1982

1

1871

Ilona galopait comme le vent à travers la forêt, tout en regardant derrière elle.

Les arbres s'espaçaient. Au delà, une immense prairie, une steppe d'un vert éblouissant, émaillée de fleurs multicolores, s'étendait jusqu'à l'horizon entre des pentes boisées qui s'élevaient jusqu'aux sommets couverts de neige. Dans cet espace à ciel ouvert, Ilona était trop visible. Ses poursuivants allaient l'apercevoir...

« Quoi de pire que d'aller en promenade avec deux vieux officiers, en plus des valets d'écurie ? » se demandait-elle avec désespoir.

Quand elle avait descendu le perron du palais, vêtue de son habit d'amazone, elle avait regardé avec stupeur le groupe qui l'attendait au bas des marches. Ils s'étaient mis en route à une allure d'enterrement. Au bout de quelques minutes elle n'avait plus qu'une idée : fausser compagnie à sa triste escorte !

Pendant son voyage de retour au Doubrozkha, la jeune princesse s'était réjouie à l'idée de retrouver les chevaux. Elle n'avait pas oublié le bonheur de galoper à travers les steppes sur un coursier fougueux. Pourtant elle n'avait que dix ans lors de son départ pour l'étranger.

Les chevaux doubrozkhans étaient élevés « à la sauvage » dans une vaste plaine ainsi que leurs voisins hongrois. C'étaient des bêtes à l'ascendance variée mais surtout hongroise, comme les habitants du pays.

Les Doubrozkhans descendaient des Magyars, des Slovènes et des Grecs. C'était un peuple fier et indomptable dont l'histoire chargée de hauts faits remontait à l'aurore du Moyen Age. Leur territoire accidenté occupait une partie des Balkans.

Cette hérédité farouche avait poussé la jeune fille à abandonner ses compagnons pour goûter un vrai galop dans le vent et la liberté.

Son cheval ralentit pour franchir les derniers bosquets. Un peu vers la gauche une rivière serpentait au fond d'une vallée. Saisie d'une impulsion subite, Ilona conduisit sa monture au bas de la rive escarpée. L'animal avait le pied sûr. Il atteignit le bord de l'eau et s'arrêta.

Aucun des quatre poursuivants n'était en vue. Nul bruit, hormis le clapotis du courant : à cette époque de l'année le niveau des rivières baissait et dans un mois elles seraient presque à sec.

L'eau transparente laissait deviner le fond caillouteux. Avec prudence Ilona fit avancer son cheval à travers le lit peu profond. A mi-course l'animal n'était mouillé que jusqu'au poitrail et la jeune fille n'eut qu'à relever ses étriers.

Elle atteignit le bord opposé dont la pente était un peu moins raide et s'enfonça dans un bois de résineux. Là ses poursuivants auraient du mal à la dénicher. Elle donna quelques tapes affectueuses à sa monture :

– Tu as bien travaillé! dit-elle en riant. Maintenant, nous allons prendre du bon temps!

Soudain la pensée de son père lui traversa l'esprit : le roi serait contrarié de son escapade, mais pour une fois elle n'avait pas peur de lui.

Sans doute aurait-elle droit à un sermon, si les gens de son escorte osaient avouer qu'ils n'avaient pas rempli leur tâche... Mais si elle les rejoignait un peu plus tard, ils seraient tellement soulagés de la ramener au palais qu'ils ne souffleraient mot de son escapade.

Les pins et autres résineux exhalaient un parfum délicieux. Sans presser le pas, la princesse avança en regardant de part et d'autre : elle espérait voir quelques-uns des animaux sauvages qui faisaient sa joie, dans son enfance.

Au Doubrozkha on rencontrait des chamois, des ours, des sangliers, des lynx. Elle n'avait pas oublié les oursons que les Bohémiens apprivoisaient pour les mener de foire en foire. On lui avait expliqué qu'il est impossible de domestiquer un ours adulte, tandis que les petits, pris assez tôt, restaient dociles et peu dangereux.

Elle n'aperçut aucun de ces animaux, mais une foule d'oiseaux bigarrés qui s'envolaient à son approche en jacassant. Le soleil passait entre les branches et jetait de longues traînées de lumière, un peu irréelles.

Des souvenirs de légendes et de contes revenaient à sa mémoire. On lui racontait jadis que des dragons vivaient dans les forêts, des elfes sur les collines et des lutins dessous la terre.

En chantonnant un air d'autrefois, Ilona s'avançait entre les arbres quand, soudain, elle perçut un bruit de voix.

Instinctivement elle s'arrêta net. De nombreuses personnes parlaient toutes à la fois, et la jeune fille fut intriguée par cette assemblée dans un endroit si reculé.

S'agissait-il de bûcherons? Etait-ce le moment de l'année où l'on abattait les arbres pour faire descendre les troncs au fil de la rivière?

Mais il n'y avait pas assez d'eau pour que le bois puisse flotter! Et puis, cela faisait beaucoup de monde pour une équipe de bûcherons!

Mue par la curiosité, Ilona s'approcha prudemment. Les sabots de son cheval ne faisaient aucun bruit sur le tapis de mousse et d'aiguilles de pins.

Dans une clairière, une cinquantaine d'hommes étaient rassemblés. Ils portaient les vastes pantalons et les vestes blanches ornées de broderies typiques du pays, et sur leur tête, un petit chapeau rond en feutre, piqué d'une plume.

Aucune femme n'assistait à cette réunion, composée non de paysans pauvres mais de gens aisés.

Ilona s'intéressait tant au spectacle qu'elle en négligea son cheval qui fit quelques pas en avant et sortit du cercle protecteur du sous-bois.

A présent la cavalière était bien en vue, mais chacun était occupé à parler et à gesticuler. Ilona ne comprenait pas tout ce qu'on disait, seulement que ces gens avaient l'air de protester contre quelque chose ou quelqu'un.

Les années qu'elle avait passées à l'étranger l'empêchaient de comprendre le sens exact de leurs récriminations. Avec sa mère elle avait parlé français plutôt que doubrozkhan, langue à la prononciation difficile.

Le peuple avait un patois où se retrouvaient des vocables empruntés aux pays frontaliers, la Hongrie

8

et la Roumanie en particulier. Deux mots qui revenaient à tout instant : c'étaient « combat » et « injustice ».

Un orateur, debout sur un tronc pour se faire mieux entendre, découvrit soudain l'intruse. Ses déclarations moururent sur ses lèvres, et muet, il dévisagea Ilona.

La plupart des gens tournaient le dos à la jeune fille : d'un seul mouvement ils lui firent face.

Un profond silence tomba sur la clairière, d'autant plus impressionnant qu'il succédait à une discussion très animée.

L'orateur, perché sur son piédestal, retrouva la parole :

– Qui est-ce ? Pourquoi est-elle ici ? Trahison ! Trahison !

Il y eut un grondement menaçant.

Pour la première fois de sa vie, Ilona eut peur. Ces hommes l'examinaient avec une hostilité impressionnante.

Puis un homme très grand, habillé avec recherche, s'approcha jusqu'à toucher la tête du cheval. Ilona pouvait voir son visage aux traits réguliers, ses cheveux d'un noir ébène, et ses yeux d'un bleu surprenant.

Cette dernière particularité était rare chez les Doubrozkhans. Ilona n'avait jamais rencontré un homme au physique aussi frappant.

– Que venez-vous faire dans ce bois ? dit-il.

Sa voix était distinguée ; il parlait la langue très pure utilisée dans la meilleure société.

– Comme vous pouvez vous en rendre compte, je me promène, répondit Ilona.

Un léger sourire adoucit la ligne sévère de sa bouche.

9

– En effet. Mais je ne vous conseille pas de vous attarder en ce lieu.

– Et pourquoi donc?

En tant que fille du roi, elle pouvait se rendre n'importe où, car toute propriété privée s'ouvrait devant la famille régnante.

– Etes-vous seule?

– Votre question me paraît superflue, répondit la jeune fille d'un ton sec.

Elle trouvait cet homme plutôt impertinent. Sans doute ne connaissait-il pas son rang car il s'adressait à elle d'une façon autoritaire, déplacée même.

Regardant les jambes du cheval, il s'aperçut qu'elles étaient humides et s'étonna :

– Vous avez traversé le fleuve! Eh bien, charmante dame, vous allez tout de suite retourner sur vos pas!

– Je partirai quand j'en aurai envie, et pas avant!

Ilona se sentait piquée. D'habitude, elle se comportait avec beaucoup de gentillesse envers tout le monde. Mais dans l'immédiat, elle ne désirait qu'une chose : tenir tête à ce malotru.

– Je ne sais pas ce que vous complotez, reprit-elle, mais je parierais qu'il s'agit d'une activité clandestine dont vous devriez avoir honte!

Elle parlait à voix haute et claire; tous les assistants pouvaient saisir le sens de ses paroles. Il y eut comme un flottement, puis un brouhaha de voix qui alla en s'amplifiant.

L'homme aux yeux bleus s'empara de la bride du cheval et lui fit faire demi-tour.

– Je vous prie de me lâcher! cria la princesse.

– Taisez-vous! Un conseil : filez d'ici et oubliez ce que vous avez vu et entendu!

– Et pourquoi cela?

– Pour ne pas vous mettre en danger.

– Quel danger?

Pas de réponse... D'un pas égal, l'homme la reconduisait dans l'épaisseur de la forêt. Ilona tira sur les rênes si brusquement que son cheval s'immobilisa.

– Je n'aime pas vos façons! Je n'accepte d'ordres de personne!

L'inconnu la dévisagea un moment, puis déclara :

– Vous allez m'écouter, petite péronnelle!

Il s'exprimait avec une telle autorité que la jeune fille en resta muette.

– Je ne sais pas votre nom ni d'où vous venez. Je suppose que vous êtes étrangère, en visite au Doubrozkha. Je vous supplie de partir le plus vite possible! Il y va de votre vie. Et pas un mot sur tout cela!

– Qu'ai-je vu? Quelques personnes au milieu d'un bois en train de crier à l'injustice...

– Vous avez compris ce qu'ils disaient?

– Si vous me donnez une seule bonne raison de me taire, je suis prête à tout oublier.

– Mademoiselle, au cas où vous parleriez, vous feriez beaucoup de mal aux habitants de ce pays.

Son intonation était si sincère qu'il devait dire la vérité.

– Bien, convint la jeune fille d'un air plus aimable, je vous promets de ne rien dire de ce que j'ai vu et entendu ici.

Une expression de soulagement passa dans le regard bleu de l'inconnu. Comme regrettant d'avoir fait plaisir à quelqu'un d'aussi arrogant, Ilona s'empressa d'ajouter :

– Toutefois, je n'apprécie guère vos façons despotiques!

Pour la première fois l'homme sourit franchement, ce qui le rendit encore plus séduisant.

– Comment dois-je me comporter? En humble esclave?

Il se moquait et Ilona se redressa, très digne.

Soudain, avec une incroyable familiarité, l'inconnu mit les mains autour de sa taille et la souleva de selle. Avant qu'elle ait pu réagir ou se débattre, il la tenait debout contre lui et la serrait dans ses bras. Puis son visage se pencha vers elle et il l'embrassa sur les lèvres.

Complètement éberluée, la jeune fille demeurait immobile et elle laissa la bouche autoritaire prendre possession de la sienne, sans opposer de résistance...

D'un geste aussi délibéré que le premier, l'homme la souleva de nouveau par la taille et la remit en selle. Il arrangea les plis de son amazone, glissa les rênes entre ses doigts et conclut avec un sourire :

– Vous êtes beaucoup trop jolie pour vous occuper de politique. Vite, à la maison, mon cœur! Vos soupirants se languissent de vous!

Elle le contempla sans dire un mot, incapable de comprendre clairement ce qui venait de se passer.

L'inconnu donna une tape sur l'arrière-train du cheval qui partit au galop. Deux minutes plus tard, Ilona était en vue de la rivière.

Elle se frayait un passage dans le courant qu'elle murmurait encore :

« Oh! Il a osé... Il a osé... Comment a-t-il pu? »

C'était une insulte, un outrage insupportable! Et dire qu'elle ne s'était même pas défendue...

Elle aurait dû crier, frapper l'homme de sa crava-

12

che, se débattre furieusement, comme l'aurait fait n'importe quelle jeune fille bien élevée!

Au lieu de cela, elle s'était laissé faire docilement par un inconnu qui l'avait serrée entre ses bras et avait posé ses lèvres sur les siennes...

Personne ne l'avait jamais embrassée. Comment une bouche d'homme pouvait-elle être aussi exigeante? Un baiser, c'était quelque chose de doux, de tendre; mais les manières de cet étranger ne montraient que violence et domination.

Il l'avait subjuguée et elle avait cédé sans opposer de résistance... devant cette amère évidence la jeune fille devint rouge de honte et de colère.

Plongée dans ses pensées, Ilona laissait son cheval choisir le chemin le plus sûr à travers le courant. Levant enfin les yeux, elle vit sur la rive opposée son escorte qui l'attendait.

Les deux officiers et les valets montraient tous une même expression de blâme. Comme ils avaient raison! Et pourtant ils ignoraient ce qui s'était passé!

– Dieu merci, Votre Altesse est saine et sauve! s'écria le colonel Czaky. Jamais vous n'auriez dû traverser le fleuve!

– Et pourquoi donc?

– Votre cheval s'est emballé, n'est-ce pas, princesse? reprit le colonel en appuyant sur les mots. Quel ennui qu'il vous ait menée en territoire Saros!

– Il me semble qu'il n'y a pas eu de conséquences fâcheuses, remarqua le second officier.

– Le Ciel en soit loué! Je vous supplie, Altesse, d'être plus circonspecte une autre fois!

Ilona prit la tête du petit groupe et se dirigea vers la steppe immense. Elle comprenait que le colonel,

13

en déduisant que son cheval s'était emballé, cherchait une excuse pour elle et pour lui : les hommes de l'escorte n'auraient jamais dû laisser la fille du roi leur fausser compagnie.

Si tout cela était sans importance, elle voulait cependant comprendre pourquoi on parlait de territoire Saros dans son propre pays.

– Colonel, j'ai quitté le Doubrozkha à l'âge de dix ans. A cette époque je pouvais franchir impunément n'importe quel cours d'eau! Aurais-je mauvaise mémoire?

Le colonel Czaky lança un regard interrogatif au major. Il semblait gêné, inquiet. Avait-il peur du roi? D'ailleurs, qui n'avait pas peur de lui?

De retour au palais depuis vingt-quatre heures, Ilona s'était vite aperçue que tout le monde craignait Sa Majesté.

« Pourquoi ne suis-je pas restée à Paris? » songeait-elle. Mais elle n'avait pas eu le choix!

– Colonel, j'aimerais comprendre. Qu'est-ce que ce territoire Saros? (Elle ajouta, avec un léger sourire :) Je vous promets de ne rien répéter à mon père!

Le colonel lui sourit en retour.

– Vous êtes ici depuis trop peu de temps pour savoir que le Doubrozkha se trouve partagé en deux zones d'influence : Radak et Saros.

– Mais papa règne sur le pays tout entier, comme avant lui son père et son grand-père...

– En théorie, princesse. Toutefois, ces dernières années ont vu de grands changements.

– Lesquels?

Dans son impatience de connaître la réponse, Ilona en oubliait de se lancer au galop sur l'étendue verdoyante et sans bornes.

14

Les valets se tenaient un peu en arrière et le colonel ne risquait pas d'être entendu s'il baissait la voix.

Ilona insista :

– Je vous en supplie, dites-moi ce qui s'est passé!

– Les princes de Saros ont toujours été les propriétaires les plus importants dans le pays. Pendant le règne de votre grand-père, le chef de cette famille, le prince Ladislas, venait juste après le roi au point de vue des préséances.

– Ils se partageaient le pouvoir, ajouta le major.

– En effet, convint le colonel Czaky. Je dois dire que leur commune administration fit la fortune du Doubrozkha. Les choses changèrent quand votre père, le prince Josef Radak, hérita de la couronne.

Ilona ne demanda aucune explication : le caractère du roi, sa cruauté, sa brutalité, avaient causé le départ de la reine pour l'exil. Petite fille, elle-même redoutait et haïssait son père.

– Quelle est la situation actuelle?

– Un pays coupé en deux! Une moitié appartient aux Saros et l'autre aux Radak.

– Ces deux parties sont pour ainsi dire en état de guerre, commenta le major.

– Est-ce possible? s'écria la jeune fille.

En quittant la France, elle espérait ne plus jamais entendre parler de guerre, et voici qu'elle la retrouvait au Doubrozkha!

– Les habitants de notre pays vivent dans une ambiance déplorable; parce que leurs dirigeants se battent, ils exploitent toutes les excuses possibles pour régler de vieux comptes, rallumer des querelles, venger leur honneur...

– Ainsi les princes de Saros comptent parmi nos ennemis?

15

– Le prince Anton Saros rejette la plupart des nouvelles lois décrétées par Sa Majesté. Il refuse de s'y plier et défend les gens de son clan s'ils sont arrêtés.

– Il les défend par la force?

– Il y a deux jours, la prison de Vitozi a été investie par ses partisans et tous les prisonniers se sont échappés!

– Y a-t-il eu des morts parmi les gardiens?

– Non, convint le colonel. On leur a lié les mains avec des cordes et on les a jetés dans le lac; c'était dans une partie peu profonde où ils ne risquaient pas de se noyer. Néanmoins, ils ont subi une humiliation qui ne sera pas oubliée de sitôt!

Le colonel s'exprimait avec une telle véhémence qu'Ilona ne put s'empêcher de rire.

– Je ne vois pas ce qui peut amuser Votre Altesse, remarqua le major Kassa.

– Pardonnez-moi! Quand je suis arrivée au palais, j'ai trouvé un peu ridicules nos gardes engoncés dans leur uniforme dessiné par le roi. Les habitants de Vitozi ont dû beaucoup s'amuser en les voyant trempés de cette façon!

– Votre Altesse Royale, dit le colonel d'une voix pleine de reproches, faites attention! Ne parlez pas trop et n'allez pas sur le territoire Saros! Vous seriez certainement injuriée... ou pire: cela ne m'étonnerait pas que l'on vous garde en otage!

Il fit une pause et reprit:

– Ce serait un bon moyen pour obliger le roi à abroger certaines lois jugées impopulaires!

– Des nouvelles lois?

Le colonel et le major semblaient gênés; ce dernier finit par déclarer:

16

– Il vaut mieux que vous abordiez ce sujet en privé avec Sa Majesté.

– Vous savez très bien que je n'en ferai rien, major! Je crains mon père tout autant que vous!

– Peur, moi? Non, j'éprouve un très grand respect pour le roi. J'obéis volontiers à ses ordres.

– Certes, mais vous le craignez quand même. Soyez franc! Mon père inspire la terreur. C'est pour cela que j'ai vécu en France toutes ces dernières années. (Elle poussa un soupir et regarda autour d'elle.) Pendant ce temps-là je n'ai pas profité de ces merveilleux paysages ni de ces merveilleux chevaux!

Elle se pencha pour flatter sa monture. Comme elle avait envie de s'élancer au galop! Au lieu de cela, elle se tourna vers le colonel.

– Vous me direz la vérité. Ensuite nous galoperons à travers la steppe!

L'officier la regarda droit dans les yeux.

– Entendu, princesse. Deux lois surtout ont terriblement déplu : en premier lieu, le roi Josef a décrété que la moitié de la récolte reviendrait à l'Etat.

– En d'autres termes, à lui-même.

– Et en second lieu, continua le colonel comme s'il n'avait pas été interrompu, les Bohémiens sont maintenant exclus du pays, sous peine de mort!

– Quelle idée stupide! Alors que ces gens ont toujours vécu sans problèmes au milieu de nous! Ma mère me disait qu'en Roumanie on les pourchassait jadis avec beaucoup de cruauté. Comment mon père en est-il venu à agir de même?

Aucun des officiers ne lui donnant de réponse, Ilona ajouta :

– Il me semble qu'en Hongrie des persécutions

17

ont eu lieu sous le règne de l'impératrice Marie-Thérèse et celui de Joseph II...

— Cela est juste, princesse, murmura le major.

— Mais chez nous ils étaient acceptés par tous! Ils étaient intégrés à notre peuple!

— Le roi leur a ordonné de quitter le Doubrozkha.

— Pour aller où? Je ne vois guère que la Russie... Mais les Russes nous détestent: ils n'accepteront pas nos Bohémiens!

— Ces arguments ont été présentés à Sa Majesté par le prince Anton.

— Sans résultat, je suppose?

— Je ne vous parlerai pas de lois très récentes qui ne sont pas encore passées dans les mœurs et qui provoquent de nombreuses protestations. Les effectifs et le matériel de l'armée ont été renforcés, mais sa situation n'est pas enviable.

— Cela ne m'étonne guère: l'armée n'est pas faite pour brimer les citoyens. Merci, messieurs, pour ces renseignements. Je ne trahirai pas votre confiance. Pour le moment, je ne veux plus penser qu'à une chose: notre pays est le plus beau du monde! En avant!

La cravache d'Ilona effleura son cheval qui partit en bondissant à travers l'étendue ensoleillée.

Emportée dans un élan fougueux, la jeune fille éprouva une ivresse délicieuse. L'univers lui appartenait.

Plus tard, en faisant route vers le palais à une allure plus posée, elle s'intéressa aux paysans qui travaillaient dans les champs, dans les villages et les bois.

Etait-ce un effet de son imagination, mais ils lui paraissaient fermés, hostiles!

Et pourtant son peuple était un peuple très gai,

18

heureux de vivre. Les maisons de torchis aux balcons fleuris, les auberges campagnardes, les tonnelles abritant des buveurs étaient exactement comme dans ses souvenirs. Les fermes semblaient prospères : on y voyait de grands troupeaux de vaches aux cornes brillantes et décorées de rubans, ainsi que des moutons, des poulains, tout comme autrefois...

Les femmes portaient des jupes aux couleurs vives et leurs cheveux nattés s'enroulaient autour de leur tête avec une simplicité royale. Quant aux hommes, ils avaient beaucoup d'allure avec leur veste à brandebourgs jetée négligemment sur une épaule, leur gilet multicolore et leur chapeau de feutre orné d'une longue plume de faisan.

Très peu avaient des éperons à leurs bottes et tous montaient à cru; leur adresse à cheval n'avait pas d'équivalent dans toute l'Europe.

Le spectacle était bien le même et pourtant il manquait quelque chose. Soudain elle comprit de quoi il s'agissait.

Dans son souvenir le Doubrozkha était resté un pays de chansons, de rires et de musique : les habitants fredonnaient en travaillant, quand ils menaient paître leurs troupeaux ou rentraient de la chasse avec un chamois suspendu par les pattes à un long bâton porté sur les épaules...

Or, maintenant, une chape de silence pesait sur le pays; pas une guzla ne résonnait sous des doigts habiles, par une romance ne jaillissait des tonnelles!

Le petit groupe arriva en vue du palais et commença l'ascension de la pente menant au majestueux édifice, vieux de plusieurs siècles. Remanié par de nombreux monarques, il avait pris au fil des temps une allure de forteresse. Le grand-père

19

d'Ilona l'avait cerné de tours à la forme élancée, tandis que son épouse avait fait planter sur la colline des arbustes aux essences variées pour atténuer l'aspect trop sévère de l'ensemble.

Quand les amandiers, les pêchers, les aubépines étaient en fleur, les vieilles murailles grises semblaient s'élever vers le ciel comme une architecture de rêve au-dessus d'un nuage de corolles blanches et roses.

Il y avait aussi un jardin à l'intérieur de la citadelle, petit mais ravissant. N'importe qui, vivant dans un tel cadre, aurait dû être heureux! Le bonheur, pourtant, n'existait guère au palais Radak.

Longtemps Ilona crut qu'elle ne reverrait jamais l'endroit où elle était née; sa mère lui répétait souvent:

« Je ne reviendrai pas en Doubrozkha. Nous sommes à Paris deux femmes sans importance, presque pauvres, mais nous possédons la paix du cœur. »

Quand elle évoquait le passé, la reine avait une expression tragique et sa voix tremblait de terreur.

Au début, Ilona ne comprit pas pourquoi sa mère abandonnait un trône, un mari, de nombreux amis... Tout s'était passé d'une façon discrète et sans drame.

La reine avait supporté une dizaine d'années un époux tyrannique et brutal dont la cruauté allait s'aggravant au fil des ans. Elle aurait peut-être continué à subir indéfiniment ce martyre s'il n'y avait eu sa fille.

Dans ses crises de rage le roi frappait sa femme

jusqu'à la rendre inconsciente; mais quand il s'atta-qua un jour à Ilona, la reine se rebella.

Elle ne dit rien sur le moment. Mais quelque temps plus tard, elle demanda la permission de rendre visite à ses parents qui vivaient à Budapest. Et comme son père était fort âgé, malade par surcroît, le roi ne pouvait pas s'opposer à ce voyage.

Une fois en sûreté, elle écrivit à son époux une lettre d'adieu, annonçant sa décision de ne jamais revenir, car son existence auprès de lui était un enfer.

Elle avait malheureusement laissé son fils en Doubrozkha. Elle n'avait pas pu agir autrement : à dix-sept ans le prince Julius commençait son éduca-tion militaire dans un régiment éloigné de la capi-tale, et toute absence aurait été considérée comme une désertion.

Ilona, par chance, était hors de danger.

Craignant la colère du roi à l'encontre de ses parents, la reine avait quitté la Hongrie pour une destination inconnue.

Après avoir parcouru l'Europe, elle s'était finale-ment installée à Paris où vivaient de nombreux amis de ses parents. Son père et sa mère étaient apparentés à la famille impériale d'Autriche, mais leurs terres et leur fortune avaient été fort enta-mées par les malversations d'un intendant. Aussi vivaient-ils chichement dans un vieil hôtel princier, avec une domesticité réduite. Ils n'avaient plus guère d'influence mais gardaient des relations fidè-les, surtout en France.

Leurs amis, assez âgés dans l'ensemble, accueilli-rent les fugitives avec bonté. Sous l'identité de Mme Radak, la reine loua, non loin des Champs-

21

Elysées, un appartement dans une rue tranquille et consacra son temps à l'éducation de sa fille.

Celle-ci fréquenta une institution réputée, dirigée par des religieuses. Elle prit rang parmi ses condisciples, comme une jeune fille ordinaire.

Petit à petit la reine s'avisa qu'elle n'avait plus à craindre les tortures physiques et morales infligées par son mari; mais douze années de vie commune l'avaient marquée à jamais.

Aussi enseigna-t-elle à sa fille que la qualité première d'une femme doit être une emprise absolue sur elle-même, un contrôle parfait de ses sentiments. Elle était entourée d'aristocrates de la vieille école, aux manières raffinées et à la politesse exquise. S'ils souffraient, ils le cachaient derrière le masque de l'urbanité; malheureux, ils n'en laissaient rien paraître.

Dans un tel environnement, la fillette apprit à ne jamais laisser libre cours à ses émotions. Et pourtant ce n'était pas facile, car elle possédait le tempérament doubrozkhan : ses amitiés comme ses haines étaient absolues, elle ne connaissait pas les demi-mesures.

Sa mère voyait parfois avec inquiétude resurgir en elle quelque trait de caractère du roi, une ardeur et une passion qu'elle était résolue à dompter.

Ainsi la jeune Ilona en vint-elle à s'exprimer avec mesure, à éviter les démonstrations de tendresse, à ne pas s'attacher trop profondément aux animaux familiers ou à ses camarades de classe.

– Souviens-toi, ma chérie, que tu es de naissance royale! Prends exemple sur les Français de la Révolution qui allaient à la guillotine en plaisantant.

– Mais je ne risque pas d'être guillotinée, maman!

– On rencontre tellement d'épreuves dans la vie... Quel que soit ton destin, Ilona, tu dois l'affronter avec courage, sans gémir, sans montrer que tu souffres.

La reine avait suivi ces mêmes préceptes au cours de sa dernière maladie. Elle était devenue plus pâle et plus maigre de jour en jour, mais pas une plainte n'était sortie de ses lèvres.

Un matin, Ilona trouva sa mère morte dans son lit, les mains jointes, souriant faiblement, comme si elle avait voulu défier la mort.

Ce fut pour la jeune fille un moment abominable. Le monde s'écroulait. Devant elle ne s'étendait qu'une longue perspective de solitude et de désespoir. Elle crut devenir folle.

Puis elle se rappela ce que sa mère lui avait inculqué : aux amis qui vinrent présenter leurs condoléances, elle répondit qu'elle saurait s'arranger seule.

« Pourquoi infliger mes ennuis aux autres ? se répétait-elle. Je trouverai une solution. »

Elle ne se confiait qu'à Magda, la femme de chambre de sa mère, qui l'avait suivie lors de sa fuite.

– Magda, où irons-nous ? Qu'allons-nous faire ?

Elle ne voulait pas rester dans le modeste appartement qui lui semblait maintenant aussi triste qu'un mausolée.

Pour toutes relations, elle n'avait que des personnes âgées.

« Que faire ? » se répétait la jeune fille durant ses nuits sans sommeil. Un jour, la Providence lui avait répondu...

Elle se trouvait seule dans l'appartement, car Magda était sortie pour quelques achats. Soudain, la

23

sonnette retentit. Se demandant qui pouvait venir à cette heure matinale, Ilona alla ouvrir.

Il y avait là deux messieurs d'un certain âge, totalement inconnus.

— Pourrions-nous voir Son Altesse Royale, la princesse Ilona? s'enquit l'un d'eux.

Un court instant, elle ne comprit pas qu'il s'agissait d'elle-même. Pendant les huit ans passés en France, elle avait été une jeune fille comme les autres : « Mlle Radak » n'avait aucune importance sociale.

Un titre aussi ronflant lui causa plus d'inquiétude que de surprise.

— Vous désirez rencontrer la princesse?...

— Elle loge bien ici? demanda l'autre visiteur d'un air ennuyé.

Visiblement, il croyait s'être trompé d'adresse.

Mais Ilona retrouva son aisance habituelle.

— Veuillez entrer, messieurs.

Elle les conduisit dans le modeste salon où sa mère avait disposé quelques trésors hérités de ses parents, des fauteuils recouverts de brocart bleu, des porcelaines de Chine, un tapis quelque peu élimé.

Il y avait dans le port de la jeune fille tant de noblesse que l'un des inconnus demanda :

— Ne seriez-vous pas Son Altesse?

— En effet, reconnut-elle.

Un nouveau chapitre de sa vie commençait...

Et aujourd'hui, tout en gravissant la pente assez raide qui menait au palais, Ilona se rappelait la lueur de soulagement qui était apparue dans les yeux des visiteurs.

24

Ils se présentèrent. L'un était ministre dans le gouvernement du Doubrozkha, l'autre, secrétaire d'Etat. Ils avaient quitté leur pays et ignoraient le décès de la reine.

– Je dois vous faire part d'une triste nouvelle, annonça le ministre. Votre frère, Son Altesse Royale le prince Julius, vient de mourir!

– C'est affreux... murmura Ilona. Comment cela s'est-il produit?

– Oh, un... accident! Le prince a pris part à une rixe, dans une auberge.

– Personne ne sait au juste comment les choses se sont passées, ajouta le secrétaire d'Etat. Il était fort tard, et les clients étaient tous éméchés.

Quelle façon stupide de mourir... Surtout pour un garçon vigoureux et gai comme Julius!

D'après les souvenirs d'Ilona, ce grand frère faisait tout mieux que les autres : monter à cheval, grimper aux arbres, plonger dans la rivière... Il était joyeux et insouciant. Comment l'imaginer glacé et sans vie?

Plongée dans ses tristes pensées, la jeune fille prêtait peu d'attention aux discours des deux hommes.

– Il n'y a plus d'héritier mâle pour le trône. Sa Majesté désire que vous preniez la place du prince Julius.

– Pardon?

– Après votre père, vous serez reine du Doubrozkha.

– Oh, non! Certainement pas!

Tout en poussant ce cri de protestation, Ilona se dit qu'elle manquait de dignité; sa mère n'aurait pas été contente d'elle.

25

Cherchant à se dominer, elle reprit d'une voix posée :

– Auriez-vous la bonté de m'exposer la situation actuelle de mon pays plus en détail?

Elle voulait gagner du temps, mais en réalité elle n'avait pas le choix. Si elle refusait d'accompagner ces messieurs, ils disposaient d'autres moyens pour mener à bonne fin leur mission!

Derrière leurs phrases courtoises on devinait une volonté ferme et arrêtée : le roi voulait sa fille en Doubrozkha!

Si la reine avait encore été de ce monde, elle aurait su tenir tête aux visiteurs. A présent, le tuteur légal d'Ilona était son père : il possédait tous les droits sur elle.

Et puis, la jeune fille n'avait pas envie de dire non; c'était assez tentant de revenir dans son pays après tant d'années!

Elle savait combien sa mère avait peur du roi; elle se rappelait ses propres terreurs d'enfant; mais maintenant elle était adulte.

« Je rentrerai chez moi, se disait-elle, et si je suis trop malheureuse... eh bien, je ferai comme ma mère, je m'en irai! »

Mais aurait-elle la possibilité de s'échapper une deuxième fois? Elle n'osa pas réfléchir plus longuement à cette question.

Ses grands-parents maternels étaient morts tous les deux, ils ne pourraient servir d'excuse pour un voyage à l'étranger. Toutefois, avec l'optimisme de la jeunesse, Ilona se dit qu'elle trouverait le moyen de regagner Paris en cas de nécessité.

Cette ville qu'elle aimait tant avait beaucoup souffert du siège soutenu contre les Prussiens. Pour tous les habitants de la capitale, ces longs mois

26

d'encerclement avaient apporté un cortège de douleurs et de privations.

« Mon père ne se souciait pas de nous à ce moment-là! » songea amèrement la jeune fille.

Mais elle devait bien reconnaître que le roi n'était pas responsable du choix de la reine pour sa résidence. Elle avait quitté la paix du Doubrozkha pour la France dont l'empereur, Napoléon III, s'était attaqué à plus fort que lui; après la défaite de Sedan, le pays avait été envahi...

La nourriture était devenue de plus en plus difficile à trouver, de plus en plus chère. Des bombes tombèrent sur Paris où nul n'avait de quoi se chauffer.

Pendant tout ce temps, la reine n'avait pas émis une plainte : sa fille devait se montrer digne d'elle! De toute façon, la vie en Doubrozkha ne pouvait être plus atroce que le siège.

Dans les souvenirs d'Ilona, Vitozi retentissait de rires et de chansons. Pendant le voyage qui la ramena au pays natal, elle ne s'inquiéta point de l'avenir, tant elle avait hâte d'arriver.

La grande grille du palais s'ouvrait à présent devant les cavaliers. En lui adressant son plus beau sourire, Ilona prit congé du colonel :

– J'ai beaucoup aimé cette promenade! Sans doute est-ce inutile de parler de mon cheval qui s'est emballé. Le roi s'inquiète de ma sécurité : il pourrait m'interdire ce genre de sortie qui me fait si plaisir.

– Vos désirs sont des ordres, Princesse!

Tous se comprenaient à demi-mot. Un valet vint

aider Son Altesse à mettre pied à terre. Le petit groupe se dispersa.

« S'ils savaient ce qui s'est réellement passé! » songeait la jeune fille.

Quelqu'un l'avait embrassée, pour la première fois de sa vie. Un inconnu qui appartenait à un groupe de factieux. Un homme sans délicatesse qui l'avait traitée d'une manière odieuse!

Elle sentait encore sur les siennes la pression de ses lèvres dures et insistantes...

2

Ilona prit le grand escalier d'honneur du palais pour se rendre jusqu'à sa chambre où l'attendait Magda.

Un majordome s'était avancé vers elle et l'avait prévenue que son père voulait lui parler. Mais avant cette entrevue, la jeune fille désirait prendre un bain et se changer. Magda lui avait préparé le nécessaire.

– Savez-vous, Magda, que les Bohémiens sont chassés du Doubrozkha?

– Je l'ai appris dès notre arrivée, mademoiselle.

La fidèle femme de chambre avait les cheveux gris et un visage ridé plein de douceur. Son dévouement pour la reine avait été sans relâche. C'est grâce à elle qu'Ilona n'était pas morte de faim pendant le siège : par des moyens qui tenaient sûrement de la magie, Magda était parvenue à se procurer jour après jour un peu de nourriture, ne fût-ce qu'un quignon de pain.

Tout en aidant la princesse à enlever son amazone, elle grommela :

– Cette loi ne plaît guère aux gens, à ce que j'ai compris!

– Pourquoi mon père se montre-t-il si cruel, sans raison? soupira la jeune fille.

Mais elle connaissait trop bien la réponse : le roi était foncièrement cruel, et l'avait toujours été!

Ces Bohémiens, qu'il exilait à présent, avaient beaucoup souffert, autrefois en Roumanie, où ils appartenaient corps et âme à des seigneurs despotiques. Ils avaient fui à travers les Balkans, dans la neige et le froid, et les survivants racontaient d'affreuses choses sur leur temps de servitude.

Le roi du Doubrozkha, le grand-père d'Ilona, les avait accueillis avec bonté, ainsi que ceux venant de Hongrie qui fuyaient les lois impitoyables de l'impératrice Marie-Thérèse : celle-ci n'hésitait pas à séparer les enfants de leurs parents et enrôlait de force les hommes dans son armée.

Au Doubrozkha ces pauvres gens avaient trouvé un abri. Leurs chants et leurs danses étaient devenus partie intégrante de la vie du peuple.

« Pourquoi ne pas les laisser en paix?... »

— Où iront les Bohémiens s'ils ne peuvent pas rester ici? demanda la princesse à haute voix.

— On m'a raconté, dit Magda en baissant la voix, qu'ils sont tout simplement partis dans la moitié Saros du pays. Le prince Anton leur a offert sa protection.

— Je comprends pourquoi papa le déteste!

Le roi devait être furieux de voir les Bohémiens le défier en se réfugiant chez son rival.

— On n'est pas heureux ici, mademoiselle! Nous sommes revenues dans un pays de misère...

Ilona ne répondit rien. Elle pensait de même.

Après avoir pris son bain, elle entreprit de s'habiller avec une certaine recherche pour affronter son père. Peut-être pourrait-elle évoquer avec lui le sort des Bohémiens? Il n'avait sûrement pas l'inten-

tion de réduire le peuple à la pauvreté, au désespoir...

Mais aurait-elle assez de courage pour lui dire
franchement ce qu'elle pensait, au risque de le
mettre en colère?

Son père s'était montré agréable et courtois
depuis leurs toutes récentes retrouvailles. Il avait
simplement grommelé quelques phrases de désap-
probation à l'encontre de ses deux messagers, en
leur reprochant d'avoir mis trop de temps pour
exécuter ses ordres.

Ce retard était dû aux divers achats que la jeune
fille avait voulu effectuer avant son départ.

Quand Ilona eut compris que les deux hommes
étaient déterminés à la ramener coûte que coûte en
Doubrozkha, elle leur avait demandé :

– Quand désirez-vous partir, messieurs?

– Immédiatement, Votre Altesse Royale, avait
répondu le ministre, mais je me permettrai une
remarque...

– Laquelle?

– Sa Majesté n'aimerait pas vous voir porter le
deuil.

– Il ignore la mort de ma mère! Il comprendra
très bien.

– Je vous renouvelle mes sincères condoléances,
mais je suis obligé de vous signaler que vous ne
pouvez arriver au palais vêtue comme vous l'êtes.

– Et pourquoi donc?

– Le roi estime que l'on perd trop de temps à
célébrer les funérailles et à entretenir les tombes.

– Comment?...

– Oui, princesse. Les cimetières sont maintenant
fermés. On les ouvre uniquement pour les enterre-
ments.

– C'est complètement absurde!

– Sa Majesté en a décidé ainsi. Personne ne doit s'habiller de noir et les offices des morts ont été supprimés des livres de prières.

Ilona resta sans voix, horrifiée de ce qu'elle venait d'entendre. Son père devenait-il fou? Elle n'osait pas se poser franchement la question. Elle désirait surtout conserver son calme et sa dignité, comme sa mère l'aurait souhaité.

Et d'ailleurs, à quoi servait de porter le deuil? Bien sûr, la reine lui manquait horriblement, mais elle n'avait pas totalement disparu de sa vie. Souvent, quand elle était seule, Ilona sentait comme une présence aimante à ses côtés.

– Je possède peu de vêtements, messieurs, et ils sont tous trop usagés. Les ressources de ma mère ont fondu pendant le siège, pour nous permettre d'acheter un peu de nourriture.

– Sa Majesté nous a laissé carte blanche pour acheter le nécessaire. Prendrai-je la liberté de suggérer que Votre Altesse Royale se commande un trousseau complet avant de quitter la France?

Ilona remercia poliment son interlocuteur. Une petite lueur d'excitation brillait dans ses yeux : quelle femme résisterait à la perspective d'obtenir ces merveilleuses toilettes qui font la gloire de Paris? Surtout après tant d'années de restrictions et d'économies?

Le matin suivant, escortée de Magda, elle se mit en route pour visiter les plus célèbres couturiers.

Jusqu'alors, elle avait vécu éloignée de ce milieu élégant qui avait vu son apogée sous le règne de Napoléon III. L'impératrice Eugénie régentait alors la mode. Elle avait lancé les premières crinolines et fait travailler pour elle de nombreux ateliers de brodeuses et de dentellières.

Dans l'institution religieuse, les élèves évoquaient souvent les fêtes données aux Tuileries ou dans les fastueux hôtels particuliers de la capitale. Quand elle se promenait au Bois de Boulogne, Ilona remarqua certains équipages qui n'appartenaient pas à des aristocrates mais à de très jolies femmes d'un autre milieu. Des femmes couvertes de bijoux, d'aigrettes et de fourrures.

– Ces créatures sont une honte! s'écriait Magda.

Pour sa part, Ilona les trouvait bien belles...

Soutenue par la pensée que son père lui devait réparation pour ces années de vie mesquine et besogneuse, la jeune fille dépensa sans compter.

Elle commanda des robes de soirée, de voyage, d'intérieur, de sortie, en un mot pour toutes les occasions possibles. Elle acheta des écharpes, des ombrelles, des gants et des chaussures aux tons assortis, des bas et des sous-vêtements de la soie la plus fine.

Quand elle se contempla dans ses nouveaux atours, elle eut du mal à se reconnaître.

Jamais elle n'avait mis en valeur ses cheveux d'un auburn presque roux hérité de sa mère, ni sa peau laiteuse et ses yeux verts. Jamais elle n'avait montré à leur avantage sa taille fine et sa poitrine haut placée, dans les robes en tissu bon marché que sa mère faisait confectionner par une petite couturière.

Le ministre et le secrétaire d'Etat eurent grand peine à cacher leur admiration lorsqu'ils vinrent la chercher pour gagner le train spécial qui les attendait à la gare de l'Est. De nombreuses malles furent chargées dans le fourgon. Le reste des achats serait acheminé en petite vitesse, un peu plus tard.

Les deux messieurs furent probablement surpris par le montant des factures, mais ils n'en laissèrent rien paraître. Une princesse doit être vêtue selon son rang!

Ilona ne voulait pas s'avouer que toutes ces parures neuves lui donnaient confiance en elle. Si elle était revenue chez son père habillée en pauvresse, il y aurait vu une invitation à la traiter en inférieure, avec violence et dureté.

« Il ne saura jamais combien j'ai peur de lui! » se dit-elle maintes fois, tandis que le train serpentait avec force panaches de fumée à travers les massifs montagneux de l'Europe centrale.

Elle savait que sa mère avait souffert le martyre pour oser s'enfuir loin du Doubrozkha. Elle avait erré de ville en ville pour, finalement, se cacher dans la foule anonyme de Paris, d'où le roi ne pouvait la faire revenir par la contrainte.

En France on ne parlait guère du Doubrozkha, en raison de son éloignement et de son manque d'importance, si on le comparait à la Hongrie ou à la Roumanie. Mais ce petit pays avait un caractère particulier en ce sens que de tout temps il était resté libre.

Les Turcs ne l'avaient jamais englobé dans l'empire ottoman. Les Autrichiens s'étaient arrêtés à ses frontières. Peut-être cela était-il dû aux montagnes escarpées qui l'entouraient, ou au caractère indomptable de ses habitants.

Quelle qu'en soit la raison, le Doubrozkha, ses profondes vallées, ses pics neigeux et ses plaines verdoyantes étaient toujours demeurés indépendants au fil des siècles, avec leur monarchie propre, leurs coutumes propres.

... Mais dans l'immédiat, Magda achevait d'agrafer une robe de faille verte aux multiples volants, tandis que la jeune fille admirait par la fenêtre la vue prodigieuse qu'on découvrait du palais.

Sous ses yeux s'étendait Vitozi, la capitale, avec son parlement, sa cathédrale, ses bâtiments officiels. Autour du centre s'élevaient les quartiers résidentiels, les uns composés de villas blanches aux jardins remplis de fleurs, les autres de rues étroites bordées d'anciennes maisons de bois.

Derrière la ville commençait la campagne, parsemée de fermes et de bouquets d'arbres. Et derrière le fleuve, on découvrait le domaine des Saros avec leur château perché sur une colline, beaucoup moins haute néanmoins que celle du palais royal. Un regard bien exercé pouvait découvrir leur drapeau rouge et noir flottant sur la plus haute tour. Enfin, à l'arrière-plan, se dressait une chaîne de montagnes aux neiges éternelles.

Un brillant soleil illuminait le paysage, la vallée fertile avec ses pentes boisées. Les champs de blé commençaient à dorer : la région de Vitozi était célèbre pour ses cultures de céréales.

Et voilà que le roi instaurait de nouvelles taxes! Il était à craindre que les paysans n'aient plus de quoi vivre avec la moitié de leurs récoltes!

« Je dois absolument parler de ce problème à mon père! » pensa Ilona.

Mais, malgré sa résolution, aurait-elle le courage de braver la colère du roi?

– Voilà! Vous êtes prête, annonça soudain Magda. Partez vite! Sa Majesté ne doit pas attendre.

35

– Vous avez raison, comme toujours, acquiesça la princesse en souriant.

Elle se pencha pour embrasser la vieille servante.

– Ne vous faites pas de souci, Magda! Il ne me mangera pas si j'ai cinq minutes de retard.

En descendant le grand escalier, Ilona sentait pourtant son cœur se contracter dans sa poitrine. Mais elle ne montra aucun signe de crainte quand un laquais en livrée royale ouvrit pour elle la porte de la salle d'audience.

Le roi se tenait devant une haute cheminée de granit où l'on pouvait loger un tronc d'arbre pour les feux d'hiver.

Ilona s'avança vers lui, accompagnée par le bruissement de sa jupe soyeuse sur le tapis. Elle dut reconnaître que son père était toujours très impressionnant et très beau.

Il avait le front carré, les traits marqués des Doubrozkhans, avec une chevelure de neige et une épaisse moustache poivre et sel.

– Où étais-tu, Ilona? Je t'ai envoyé chercher voilà plus d'une heure!

– Mon cher papa, je suis désolée de vous avoir fait attendre. J'étais sortie pour une promenade à cheval et j'ai voulu me changer avant de vous rejoindre.

– Tu aurais dû venir dès ton retour!

– Je désirais vous montrer une autre de mes robes. J'espère qu'elle vous plaît?

Elle pivota sur la pointe des pieds pour qu'il puisse apprécier toute l'élégance de cette création parisienne.

– Je n'ai pas de temps à perdre en frivolités! Il y a dans la salle du trône une véritable ambassade, et

36

ce joli monde se ronge les poings en attendant que tu daignes apparaître!

Ilona était stupéfaite.

– Ils sont venus pour moi?

– Je n'en sais rien; ils veulent sans doute se plaindre, ils ne font que ça! Puisque tu dois remplacer ton frère, tu prendras l'habitude de m'accompagner chaque fois que je recevrai une délégation.

Ilona resta silencieuse. Elle n'était pas encore accoutumée à sa nouvelle position. Pourtant son père lui en avait parlé dès le jour de son arrivée.

– Julius est mort, assassiné par ces démons de Saros! Bientôt je les punirai de leurs crimes!

– Je croyais qu'il avait succombé à un accident...

– Un accident! Tu appelles le meurtre de l'héritier du trône un accident? C'était un acte prémédité. J'aurai ma vengeance et je tuerai Anton Saros comme il a tué mon fils!

– Est-ce pour me révéler cela que vous m'avez fait venir de France, père?

– Non! Bien sûr que non! Je t'ai rappelée pour que tu prennes la place de Julius.

Voyant passer dans le regard d'Ilona une lueur d'effroi, il reprit avec force :

– Il me faut un héritier de mon sang! Ta mère n'était pas une bonne épouse, elle ne m'a donné que deux enfants.

Ilona serra les poings pour ne pas répliquer d'une phrase cinglante. Son éducation sévère lui permit d'interroger calmement :

– Pourriez-vous me dire ce que vous attendez de moi?

– Tu dois te préparer à gouverner ce pays après ma mort. Je n'ai pas un pied dans la tombe, pas

37

encore, mais j'apprenais à ton frère son métier de roi. Puisqu'on l'a tué, c'est toi que je formerai.

Comme si cette perspective l'affligeait terriblement, il lança un violent coup de pied à un tabouret qui alla s'effondrer en morceaux dans un coin.

– Dieu seul peut savoir ce que donnera une femme sur le trône du Doubrozkha, mais enfin c'est mon sang qui court dans tes veines, et je ne puis me fier à personne d'autre.

Le roi se mit alors à crier des invectives contre le prince Anton et sa famille. Ilona écouta, muette au début, puis elle parvint à faire dévier la conversation sur des sujets plus anodins.

A présent, elle désirait interroger son père sur les nouvelles lois.

« Il faut lui ouvrir les yeux, pensait-elle. Il ne s'aperçoit pas à quel point le peuple souffre et se révolte ! »

A voix haute, elle déclara simplement :

– Je serai très fière, mon cher père, d'être à vos côtés quand vous recevrez cette délégation qui nous attend. Les a-t-on avisés de ma présence ?

– Tu aurais voulu que je les prévienne ? hurla le roi. Ma pauvre fille, tout se sait ici ! Les gens n'ont rien d'autre à faire que de bavarder !

En effet, au Doubrozkha tout le monde devait être avisé de son retour...

En réalité, elle avait voulu dire : « Ma nouvelle position d'héritière royale est-elle connue ? » Elle n'osa pas préciser. Son père pouvait changer d'idée. La reine lui avait souvent parlé de son caractère versatile : un ami de la veille devenait un ennemi le lendemain ; ses projets les plus chers pouvaient être annulés au dernier moment, sans un regret.

« Cela nous causait beaucoup de troubles et

38

d'ennuis, avait expliqué sa mère à Ilona. Comprends-tu maintenant pourquoi tu dois toujours tenir tes promesses ? »

– Allons, vite ! ordonna le roi d'un ton sec. Puisque nous devons écouter ces fâcheux, autant que ce soit sans tarder. J'ai hâte d'en finir avec leurs jérémiades.

Ilona suivant son père, ils traversèrent le vestibule orné de drapeaux et d'armes anciennes pour longer un corridor menant à la salle du trône : c'était une vaste pièce, fort impressionnante, copiée sur la galerie des glaces de Versailles. Les fenêtres donnant sur le jardin se reflétaient dans de grands miroirs couvrant le mur opposé. Des lustres à pendeloques et des rideaux de damas jaune ajoutaient à l'impression de luminosité somptueuse.

Au fond, une estrade supportait un trône et un fauteuil moins décoré. Ces deux sièges étaient dorés, recouverts de velours vieil or et incrustés de pierres précieuses du pays.

Ilona monta sur l'estrade à la suite du roi et attendit qu'il prenne place avant de s'asseoir sur le moins important des sièges. Elle disposa les volants de sa traîne en une courbe gracieuse puis considéra les hommes qui se tenaient devant elle.

Leur porte-parole fit un pas en avant : la jeune fille reconnut immédiatement en lui le Premier ministre, Andréas Fülek.

Il salua Sa Majesté, puis la princesse, avant de déclarer :

– Sire, nous sommes ici pour une démarche de la plus haute importance.

– Vous me dites la même chose à chaque fois, grommela le roi.

Le Premier ministre n'eut pas l'air impressionné.

39

De petite taille, il se tenait très droit et ses yeux ne quittaient pas ceux du roi.

Les autres membres de la délégation semblaient plus nerveux; ils jetaient des regards pleins d'appréhension vers leur souverain, s'attendant à être renvoyés sans façon.

— Majesté, nous avons pris connaissance de faits qui nous inquiètent au plus haut point! Les Russes concentrent des troupes sur la frontière! annonça le Premier ministre.

— Que voulez-vous dire? D'où tenez-vous ce renseignement? (Le roi eut un rire dédaigneux et reprit :) Avouez donc, mon bon ami! Vous tenez ces racontars des Bohémiens!

— Non, Sire, ce ne sont pas nos informateurs... quoique dans le passé ils nous aient rendu de signalés services dans ce domaine.

— Que vous a-t-on révélé, au juste?

— Le tsar désire profiter de nos... ennuis pour envahir le Doubrozkha!

— Nos ennuis? De quoi parlez-vous?

— De l'état de guerre entre Radak et Saros.

— Ah! Cette poignée de mécontents! Monsieur le Premier ministre, j'ai décidé de mettre fin à leur rébellion.

— Voilà exactement ce que les Russes attendent de vous, Sire!

Le roi fixa son interlocuteur d'un air furieux mais ne dit mot. Celui-ci continua :

— Selon mes agents, des espions ennemis se sont infiltrés dans le pays pour y distribuer de l'argent. Ils promettent même de plus fortes sommes au cas où la monarchie serait renversée...

— Vous êtes complètement fou! Renverser la monarchie? Ha, ha, ha!

– Le tsar n'a qu'un désir : une guerre civile en Doubrozkha qui lui donnerait une excellente excuse pour venir y rétablir l'ordre !

Ilona réprima de justesse une exclamation d'horreur.

– Votre Majesté sait parfaitement, reprit le Premier ministre, qu'une invasion russe en temps de paix entraînerait immédiatement l'intervention de la Roumanie et de l'empire austro-hongrois. Par contre, si notre pays est coupé en deux par des combats fratricides, ce ne sera plus qu'un jeu d'enfants pour les Russes d'agir en « médiateurs ». Quand ils seront installés ici, nous ne pourrons plus les déloger !

Le roi s'appuya au dossier du trône en se mordant la lèvre : il semblait songeur et inquiet.

Ilona, pour sa part, croyait plutôt le Premier ministre. Elle savait que, de tous temps, les Russes avaient convoité les plaines fertiles du Doubrozkha dont ils n'étaient séparés que par une chaîne de montagnes peu élevée, assez proche de la capitale et beaucoup moins infranchissable que les véritables barrières rocheuses de l'Ouest et du Sud.

Leur armée, très nombreuse et bien entraînée, ne ferait qu'une bouchée de la milice nationale, écraserait toute résistance...

– Votre Majesté, continua Andréas Fülek, nous avons tenu un conseil extraordinaire dans la matinée et nous avons trouvé une solution !

– Une solution ? Ah, vraiment ? Je suis curieux de la connaître !

– Nous avons appris avec joie le retour de Son Altesse la princesse Ilona...

Le Premier ministre fit un profond salut en direction de la jeune fille.

41

– Bienvenue en Doubrozkha, Princesse! Vous nous avez manqué pendant ces huit dernières années. Votre charme et votre beauté sont pour nous un heureux présage!

Ilona sourit.

– Merci, monsieur le ministre. Je suis touchée de vos aimables paroles et je suis prête à œuvrer pour le salut de mon pays.

A son grand étonnement, Ilona vit tous les regards se diriger vers elle; il y eut un moment de silence.

– Altesse, reprit le porte-parole, il est en votre pouvoir de nous apporter la paix!

– Comment? hurla le roi. Qu'est-ce que vous racontez? Je ne comprends rien à vos histoires : si vous avez une solution à proposer, dites-la!

– Une solution très simple, Votre Majesté : qu'il n'y ait plus ni haine ni combats dans notre pays bien-aimé!

– Joliment trouvé, mon ami! Et comment y parvenez-vous? demanda ironiquement le roi.

– Grâce à l'union du prince Anton Saros et de la princesse Ilona.

En prononçant ces paroles, la voix décidée du Premier ministre baissa jusqu'à ne plus être qu'un murmure au dernier mot.

Le roi s'était penché en avant.

– Vous appelez cela une solution! Je donnerais ma fille, mon unique enfant désormais, à un diable incarné qui me défie, qui soulève mon peuple et qui a assassiné mon fils?

Il martelait de ses poings fermés les accoudoirs du trône. Sa voix tonnante rebondissait en échos terrifiants sur les vitres et les miroirs.

Le Premier ministre attendit plusieurs secondes avant de rétorquer :

– Si telle est votre réponse, Majesté, autant aller à la rencontre des Russes avec les clés de Vitozi sur un coussin de velours !

Ilona demeurait muette, pâle, terrorisée. Son cœur battait à grands coups. Un voile passait devant ses yeux. Mais elle ne devait surtout pas s'évanouir !

« Ce n'est pas possible, je rêve... », se disait-elle.

On ne pouvait pas lui demander d'épouser un homme dont elle ne savait rien, sinon que son père le haïssait !

A Paris, on parlait librement des choses de l'amour; les élèves du couvent se vantaient d'avoir de nombreux soupirants. Elles quittaient parfois l'institution avant d'avoir fini leurs études, pour se marier. Elles décrivaient alors leur futur état d'épousée comme paradisiaque.

Les écoutant d'une oreille quelque peu distraite, Ilona s'était dit qu'un jour, elle aussi tomberait amoureuse d'un beau jeune homme qui demanderait sa main.

En France les mariages étaient souvent arrangés par les parents des intéressés; mais elle n'était pas française! Elle aimait lire de vieilles légendes où les amoureux défiaient le monde entier pour trouver le bonheur l'un près de l'autre. Malgré sa pauvreté, malgré sa vie modeste et cachée, un homme viendrait qu'elle aimerait et qui l'aimerait...

Or, voilà qu'elle devait oublier ses beaux rêves et faire face à la dure réalité. Elle avait bien suivi le raisonnement du Premier ministre; il avait certainement trouvé l'unique moyen pour sauver le Doubrozkha.

« Pourquoi faut-il que ce soit moi qui me sacri-fie? » songeait-elle avec désespoir.

La réponse était simple : il n'y avait personne d'autre.

Son père l'avait déjà choisie pour son héritière, et le prince Anton Saros, qui n'était pas de sang royal, possédait cependant une autorité plus grande encore que celle du roi.

Grâce à leur mariage, les haines et les rivalités n'auraient plus de raison d'être...

– Je m'y oppose! s'écria le roi.

– Bien, Sire. Vous désirez sans doute vous mettre à l'abri à l'étranger avant que les Russes n'envahis-sent la capitale?

– Comment diable êtes-vous si sûr des intentions des Russes?

– J'ai des agents chez eux, Majesté, en plus des Bohémiens!

– Pouvez-vous leur faire confiance?

– Leurs informations recoupent des renseigne-ments venus d'autres sources. Des émeutiers arrê-tés dans la ville sont passés aux aveux. Ils étaient subventionnés par l'ennemi!

Le roi demeurait silencieux.

L'un des membres du gouvernement s'avança.

– Ne serait-il pas normal, Sire, de connaître l'opi-nion de la princesse?

De nouveau tous les regards convergèrent vers Ilona. Chacun attendait sa réponse, même le roi.

Elle avait envie de clamer son horreur, mais l'éducation reçue depuis son plus jeune âge mit une fois encore un frein à cette impulsion.

« Faisons toujours confiance à la Providence, lui disait naguère la reine. Comment saurions-nous ce

44

qui est le meilleur pour nous? Sommes-nous assez sages et clairvoyants? Laissons agir le Seigneur. »

– Dieu voulait-il vraiment que vous quittiez papa? avait demandé un jour Ilona.

– J'ai prié pendant des années; pas un soir ne s'est passé sans que je ne me recueille pour demander la lumière du ciel. (La reine avait poussé un soupir.) Mon devoir me prescrivait de rester auprès de ton père; au moment de notre mariage, j'avais juré de lui être fidèle...

– Qu'est-ce donc qui vous a fait changer d'avis?

– Quand, pour une peccadille, ton père t'a battue jusqu'à ce que tu tombes inanimée, alors j'ai entendu comme une voix d'en haut qui m'ordonnait de te conduire en lieu sûr... Il n'était plus question de mes devoirs envers mon mari, mais de mes devoirs envers mon enfant.

Le roi, Andréas Fülek et ses compagnons attendaient toujours la réponse d'Ilona.

– Pour sauver mon pays, déclara-t-elle d'une voix méconnaissable, je ferai ce que vous me demandez...

Elle perçut des soupirs de soulagement.

– Merci, Votre Altesse Royale, merci! Du plus profond de nos cœurs, nous vous remercions, dit le Premier ministre.

– Et que pense Anton Saros de cette idée stupide? s'écria le roi. Viendra-t-il se traîner sur les genoux jusqu'à mon trône pour me demander la main de ma fille?

Le roi insistait si lourdement qu'Ilona en rougit de honte. Comme sa mère avait raison quand elle affirmait qu'il ne faut jamais faire étalage de ses sentiments!

45

– Sire, cela était de notre devoir de vous consulter en premier lieu.

– Je vous en suis reconnaissant!

– Nous allons de ce pas au château de Saros. Le prince est terriblement inquiet de la situation actuelle. Il connaît les dangers qui nous menacent et nous donnera certainement son accord.

– Il serait bien bête de refuser!

Le Premier ministre fit la sourde oreille.

– Avant de prendre congé, Sire, il nous faut insister sur l'urgence de cette union. Les Russes ont déjà concentré leurs troupes sur nos frontières : ils n'attendent plus que quelques renforts pour pénétrer en Doubrozkha!

– Vous en êtes sûr?

– Mes hommes ont arrêté un individu porteur d'explosifs et qui se proposait de faire sauter le Parlement, ainsi que les ponts de Vitozi, précisa le ministre.

– Sacrebleu! Mais la police! Et l'armée?

– Majesté, la police et l'armée ont déjà fort à faire pour empêcher nos concitoyens de se pourfendre mutuellement!

Le roi ne trouva rien à répondre et son interlocuteur continua :

– Aussi, avec votre consentement, proposerai-je de fixer le jour du mariage à samedi prochain. Trouvez-vous cela trop précipité?

Ce fut avec beaucoup de peine qu'Ilona se retint de crier : « Certainement! »

Elle avait déjà mal supporté que l'on discute en public de son mariage avec un inconnu. Et voilà qu'on la propulsait vers cette union avec la plus grande énergie, sans lui laisser le temps de respirer!

46

Elle garda une immobilité qui lui coûtait beaucoup, pendant que le roi grommelait :

— Puisqu'il faut en passer par là, autant s'en débarrasser le plus vite possible...

— Bien, Votre Majesté. Avec votre permission, je me chargerai des préparatifs. La nouvelle peut être annoncée par les crieurs publics dès ce soir. (Il se tourna vers Ilona :) Les rues vont être décorées. L'archevêque célébrera la messe de mariage. Il nous faut songer aussi aux réceptions et aux festivités.

— Des festivités! ricana le roi. Comme si cela me réjouissait!

— Sire, nous n'avons pas d'autre moyen pour sauver le Doubrozkha.

— Eh bien, allez-y, et le diable vous emporte! explosa le roi. Dehors, tout le monde! Je ne veux plus vous voir!

Il se leva, rouge de colère.

— Ecoutez-moi : je vous avertis, rien de bon ne sortira de ce mariage! Pour ma part, je préfère un million de Russes à un seul Saros! lança-t-il en guise de conclusion.

Après quoi, il quitta l'estrade et traversa la pièce d'un pas lourd.

Ilona restait face à face avec le Premier ministre. Celui-ci lui prit la main pour la porter à ses lèvres.

— Puis-je vous exprimer ma gratitude, Princesse? Merci d'être restée une vraie patriote pendant ces années passées à l'étranger!

— Ce matin, commença la jeune fille d'une voix hésitante, j'ai trouvé que notre peuple n'était plus si heureux que par le passé...

47

– Le bonheur reviendra, Votre Altesse! Vous en serez l'artisan. Vous sauverez le Doubrozkha.

– La situation est-elle si grave?

– Pire que tout ce qu'on peut imaginer! Sa Majesté déteste les Bohémiens mais, je le répète, grâce à eux nous avons suivi les préparatifs des Russes depuis deux ans.

– La Russie est immense, et notre pays si petit en comparaison! Pourquoi nous envahir?

– L'envie d'avoir toujours plus... Le tsar attendait l'occasion favorable. La mort de votre frère, due à la rivalité entre les deux clans, a été pour lui une chance inespérée.

– N'a-t-il pas deviné que mon père ferait appel à moi?

– Il avait dû oublier votre existence.

– Alors mon... mon mariage sera une grande surprise?

Elle avait du mal à dire « mariage »; ce mot ne voulait pas sortir de ses lèvres.

– Une surprise de taille! Et qui déplaira fort à ses politiciens!

Puis, changeant de ton, le Premier ministre ajouta :

– Maintenant, Votre Altesse Royale, puis-je vous présenter mes collègues, qui comme moi désirent vous remercier?

Ils s'avancèrent. Quand leur nom était cité, ils s'inclinaient sur la main d'Ilona. C'étaient des gens d'âge mûr et à l'aspect sérieux, qui ne devaient pas s'affoler pour la moindre rumeur : la menace d'invasion était sûrement réelle.

Quand la délégation se fut retirée, Ilona regagna sa chambre où Magda l'attendait.

48

Se jetant au cou de la vieille femme, elle fondit en larmes et dit d'une voix entrecoupée de sanglots :

– Oh! Magda, on me marie à un homme que je n'ai jamais vu, que papa déteste et qui a tué Julius!... Magda, je ne peux pas l'épouser! J'ai peur de lui!... Et on m'oblige...

3

— Mon père accepte-t-il de me recevoir? demanda la princesse à Magda.

— Son aide de camp vient de me dire qu'il ne veut voir personne.

Ilona vint s'accouder à la fenêtre du boudoir contigu à sa chambre. De là, elle pouvait contempler la ville pavoisée d'étendards qui flottaient au vent et mettaient des touches de couleurs vives sur la vieille cité.

— Cela n'a pas de sens, Magda! Je dois savoir ce qui se passera demain!

La fidèle servante ne répondit rien; son visage ridé semblait las et soucieux...

— Oh! à quoi bon nous tourmenter..., reprit la jeune fille. Je suis sûre que tout s'arrangera!

Elle parlait surtout pour se convaincre elle-même; un étau de terreur et de désespoir enserrait sa poitrine à la broyer. Elle ne s'était pas encore remise du choc infligé par ce mariage inattendu.

En remontant dans sa chambre après l'hommage des ministres et des députés, Ilona songea que son père allait l'éviter jusqu'à ce que sa colère soit tombée. Elle le comprenait un peu : lui qui éprouvait une telle haine à l'encontre du prince Anton, l'avoir pour gendre...

50

Mais en même temps le roi devait faire passer sa patrie avant tout. Et c'était elle, Ilona, qui se sacrifiait, plus que lui.

Elle essayait de se convaincre que son sort ne différait pas de celui des autres princesses; quand on est de sang royal, on n'écoute pas son cœur parler.

Epouser Anton Saros ou un prince allemand, grec ou serbo-croate, quelle différence? Dans les autres cas, il s'agirait d'un étranger, tandis que là elle allait être unie à un compatriote.

« Peut-être cela me paraît-il d'autant plus affreux de me marier sur commande que j'ai vécu plus longtemps comme une personne ordinaire! » se dit-elle avec beaucoup de lucidité.

Elle devait se conduire d'une manière qui aurait plu à sa mère. Elle ne montrerait donc ni dédain, ni crainte, ni tristesse. Sans doute découvrirait-elle avec le prince Anton d'autres sujets d'entente que leur commun dévouement pour le Doubrozkha.

Elle aurait voulu se renseigner sur son futur époux, mais comment interroger le colonel Czaky ou un autre dignitaire de la cour? D'ailleurs, tous ici devaient partager les sentiments hostiles du roi à l'encontre des Saros.

« Je dois patienter », se répétait-elle.

Mais quand sa fureur serait calmée, elle était bien résolue à interroger son père sur l'histoire récente du pays. Elle préférait savoir ce qui l'attendait plutôt que de rester dans l'incertitude.

Elle passa la fin de l'après-midi à se promener dans le petit jardin du palais et à visiter les salons d'apparat. Elle découvrit une fort belle bibliothèque et le cabinet d'antiquités de son arrière-grand-père : celui-ci avait rassemblé de nombreuses statues grecques et romaines, des vases, des pièces de monnaie et des mosaïques de grande valeur.

Dans les salles de réception elle trouva nombre de tableaux de maître, des armures niellées d'or et d'argent, trésors de tous genres disposés avec beaucoup de goût, par sa mère probablement.

La reine était d'ascendance magyare et goûtait l'art sous toutes ses formes; elle avait fait du palais un compromis entre une maison accueillante, un musée, et un livre d'histoire. Il ne manquait à Ilona qu'un guide averti à qui poser des questions, notamment sur une très importante collection d'icônes en provenance de Russie et de Grèce.

Plongée dans sa contemplation, elle ne voyait pas l'heure avancer. Soudain, elle s'aperçut qu'il était grand temps de monter se changer pour le dîner.

Dans sa chambre, elle trouva Magda.

— Mademoiselle, je pense que vous préférez prendre votre repas ici, plutôt que seule dans la salle à manger?

— Seule? Et mon père?...

— Il dînera de son côté.

— Avec... quelqu'un d'autre?

— Oui, mademoiselle.

Magda parlait avec réticence.

— Vous me cachez quelque chose, ma bonne Magda! Quelle est cette personne?

La vieille femme se détourna.

— Ne me posez pas de questions. Il ne faut pas vous occuper de ces créatures... Une honte, quand j'y pense!

Ilona se souvint alors que Magda utilisait les mêmes termes pour fustiger les belles promeneuses du Bois de Boulogne...

52

Elle garda le silence un moment, puis demanda :
– Mon père aurait-il une... tendre amie?
– Si vous préférez l'appeler comme cela! Moi je dis : une catin. Voilà ce que votre mère a supporté pendant des années!

Ilona réfléchissait; elle comprenait maintenant certaines choses qui jusque-là lui avaient échappé; sa mère avait parfois fait des allusions à sa pénible existence en Doubrozkha. La reine avait souffert physiquement, mais aussi moralement.

« Une créature, une catin... »

Comme la plupart des enfants, Ilona ne pouvait pas associer ses parents avec la notion d'immoralité.

Bien sûr les Français avaient une grande réputation d'amoureux; l'empereur Napoléon III faisait parade de ses maîtresses; tous les Parisiens en discutaient librement. Mais de là à penser que son père...

Elle s'était montrée bien naïve!

Tous les Doubrozkhans avaient le tempérament vif et passionné; leurs chants, leurs danses et leur musique étaient aussi sauvages que leurs chevaux. Oui, tous, y compris le roi!

Ilona admettait qu'un Doubrozkhan ne pouvait vivre comme un moine; mais quelle femme serait capable de supporter les sautes d'humeur du roi, ses colères, sa cruauté?

Elle ne pouvait pas aborder ce thème avec Magda. Aussi déclara-t-elle sur un ton détaché :
– Je serai ravie de dîner dans mon boudoir. J'ai justement ce livre à terminer!

Elle eut du mal à trouver le sommeil après s'être couchée; elle songeait à son père et à la personne qui lui tenait compagnie. Peut-être les maîtresses royales possédaient-elles un appartement privé au

53

palais? Celui-ci était assez grand pour abriter un harem...

Il était pénible à la jeune fille de penser qu'elle logeait sous le même toit qu'une femme de mauvaise vie et qui prenait la place de sa mère chérie.

Quand l'aurore parut enfin, elle décida que tout ceci ne la concernait pas. Elle avait assez de soucis avec le mariage qu'on lui imposait...

Quels conseils lui donnerait la reine si elle était encore de ce monde? Elle considérait certainement comme un devoir impératif de sauver le pays, d'apporter au peuple la paix et la prospérité...

« Je veux entendre rire et chanter à nouveau! » décida la jeune fille.

Avant son mariage, elle aborderait donc avec son père les sujets brûlants des taxes, des Bohémiens et des cimetières interdits aux familles en deuil.

Sa mère lui avait donné à lire de nombreux livres d'histoire; elle avait pu constater que les révolutions commençaient souvent à cause d'une revendication assez minime à laquelle on ne donnait pas satisfaction.

« Les Doubrozkhans haïssent mon père : ils n'ont plus le droit de fleurir leurs tombes et ils lui donnent la moitié de leurs récoltes! »

Elle voulait combattre ces injustices; elle aurait la force d'affronter le roi!

Mais comment le rencontrer?

Tôt le matin, elle envoya Magda vers ses appartements, porteuse d'un message. Il n'y eut pas de réponse. Ilona resta dans sa chambre jusqu'à 11 heures, pour renouveler sa démarche. Cette fois-ci, le roi lui fit répondre qu'il n'avait nulle envie de la rencontrer.

« J'aurais mieux fait de sortir à cheval! » pensa Ilona.

Soudain, le souvenir de ce qui s'était passé lors de sa première promenade l'assaillit.

En dépit de ses importantes préoccupations, elle avait songé plusieurs fois au baiser de l'inconnu.

« Il m'a insultée! Quel malotru! Je n'aurais pas dû m'éloigner du colonel Czaky... »

A Paris, elle ne serait jamais montée seule à cheval, mais elle avait cru que dans son pays elle ne risquerait rien. Comme elle s'était lourdement trompée!

– N'avez-vous pas envie de vous promener dans le jardin, mademoiselle? demanda Magda.

– Je veux voir mon père. J'attendrai le temps qu'il faudra.

Se dirigeant vers la porte d'un air décidé, elle ajouta:

– Sortez mes robes blanches, Magda, car il va falloir choisir celle que je porterai pour mon mariage.

– C'est déjà fait, mademoiselle. Je les ai disposées dans votre garde-robe; voulez-vous les regarder?

– A mon retour, Magda.

Ilona descendit le grand escalier, puis gagna la salle d'audiences. Le colonel Czaky s'y trouvait en compagnie d'un petit groupe de militaires.

– Bonjour, colonel!

– Bonjour, Votre Altesse Royale.

– Pourquoi ne puis-je voir le roi? (Le colonel hésitait, visiblement embarrassé.) Aurait-il changé d'avis à propos de mon mariage?

Ce genre de volte-face était fort prévisible de la part du souverain.

– Non, pas exactement, Princesse. Vous avez sans

doute constaté que son consentement lui a été quelque peu... imposé.

– Il a vu tout de même que nous n'avions pas le choix!

– Je dois porter à la connaissance de Votre Altesse que ce matin le Premier ministre et le prince Anton se sont présentés au palais pour vous rencontrer.

– On ne m'en a rien dit!

– Sa Majesté a interdit toute entrevue entre le prince et vous.

Ilona restait muette de saisissement.

– Et je crains fort, poursuivit le colonel, que la réponse du roi n'ait été quelque peu cavalière...

– Que s'est-il passé?

– Les deux visiteurs ont été conduits jusqu'à l'un des salons, et l'aide de camp qui était de service est allé prévenir votre père.

– Il ne s'est pas dérangé? Il a simplement donné un message?

Le colonel semblait de plus en plus gêné :

– Il a fait dire ceci : « Son Altesse Royale la princesse Ilona ne désire point faire la connaissance du prince Anton Saros, qu'elle est forcée d'épouser en raison des circonstances. »

Ilona brûlait de colère.

– Il faut que je voie mon père à l'instant même!

Comment le roi s'était-il permis de se conduire d'une manière aussi insultante et grossière envers celui qu'elle devait épouser?

Le colonel ne tenta pas de discuter. Il pria Ilona de le suivre et la conduisit vers les appartements du roi où il pénétra seul.

Il revint au bout d'une minute pour annoncer :

– Sa Majesté attend Votre Altesse Royale.

Bien droite, le menton fièrement levé, Ilona fit son entrée dans le bureau où se tenait le roi. Effondré dans un vaste fauteuil, les pieds posés sur un tabouret, il tenait un verre d'alcool à la main.

– Qu'est-ce que tu veux? lança-t-il d'un air peu amène.

Ilona fit une profonde révérence.

– Mon cher père, j'ai essayé de vous parler toute la matinée.

– Tu m'ennuies!

Sans se troubler, la jeune fille poursuivit :

– On m'a rapporté qu'en mon nom vous avez renvoyé le Premier ministre et le prince Anton. C'était une injure, mon père, et le moment me semble particulièrement mal choisi.

– Quoi? Qu'est-ce que tu me chantes là? Mal choisi?

– J'épouse demain le prince pour sauver mon pays, pour éviter une guerre avec la Russie. Cela m'ennuie beaucoup qu'il me croie mécontente et dédaigneuse.

– Est-ce que par hasard tu te permettrais de trouver à redire à mes actes?

En disant ces mots, le roi posa son verre sur son bureau et se mit debout. Il semblait très large et impressionnant, avec ses sourcils froncés et son teint empourpré.

– Ce mariage doit susciter un courant de fraternité et de réconciliation, continua la princesse en souriant malgré sa peur. Il faut mettre fin à la haine. Radak et Saros ne seront plus ennemis.

Le roi se mit à rire, sans gaieté, avec une lourde ironie.

– Ma pauvre Ilona! Tu crois pouvoir changer

57

quelque chose en Doubrozkha? Toi? Une petite personne tombée dans l'oubli, élevée comme une pauvresse par ta sainte mère?

Il parlait avec une violence mal contenue.

– Crois-tu que cette caricature de mariage aura le moindre effet sur le pays? Ah, tu te trompes joliment! Je n'accorde aucun crédit aux rapports fantaisistes de Fülek : ha! ha! comme si les Russes allaient nous attaquer!

Il cessa brusquement de rire et assena un brutal coup de poing sur son bureau.

– Mais une chose est vraie, ajouta-t-il, une chose dont je suis sûr : les Radak détestent les Saros et ce n'est pas le sacrifice d'une oie blanche qui les fera changer d'avis!

– Vous avez tort, père. Beaucoup d'injustices peuvent être abolies en Doubrozkha. Un peuple heureux oublie la haine.

Ilona parlait d'une voix nette, soutenant courageusement le regard furieux du roi.

Soudain, d'une façon tout à fait inattendue, son père fit un pas en avant et lui lança une gifle à la volée. Le coup était si fort qu'Ilona tomba sur le tapis, à genoux.

– Comment oses-tu critiquer ce que je fais? Tu me défies de la même manière que ta mère! Tu mérites une fameuse correction!

Ilona se remettait péniblement debout quand un coup de cravache l'atteignit à l'épaule. Elle poussa un cri et s'effondra. La cruelle badine la frappa à nouveau sur le dos et aux bras. Il lui semblait que sa chair éclatait à chaque coup. Une cuisante douleur la rendait incapable de penser, incapable de fuir.

– Maintenant, va-t'en! Je ne veux plus te voir! Tu

va devenir une Saros : je te renie, tu n'es plus ma fille!

Ilona se redressa en chancelant. La pièce tournait autour d'elle. Au prix d'un effort surhumain, elle réussit à mettre un pied devant l'autre, à marcher lentement jusqu'à la porte et à sortir de la pièce.

Le colonel Czaky l'attendait dans l'antichambre. En la voyant si pâle, il lui proposa son bras et, sans un mot, la conduisit à petits pas jusqu'à sa chambre.

Restée seule, Ilona tenta de comprendre ce qui venait de se passer. Son père l'avait-il vraiment corrigée comme on fouette un enfant?

Une vague de terreur la submergea; il lui semblait que tout devenait noir et qu'elle allait s'évanouir.

« Oh, comme je le déteste! Comme je le hais! »

L'intensité de son émotion l'empêcha de succomber à la faiblesse qui la menaçait. Des larmes de rage lui vinrent aux yeux et elle les essuya d'un geste nerveux.

Elle ne voulait pas se reconnaître vaincue. Elle saurait se battre. Jusqu'à son dernier souffle...

Des centaines de cloches carillonnaient, sans couvrir toutefois le bruit des vivats et la musique des orphéons.

Les citoyens de Vitozi avaient accompli des miracles en deux jours. Dans toutes les rues s'élevaient des arches fleuries; des guirlandes couraient entre les lampadaires; aux balcons s'accrochaient des drapeaux, des bouquets, des flots de rubans aux couleurs nationales.

Une foule bruyante s'entassait sur les trottoirs : des fermiers en costume traditionnel, des citadins

59

vêtus de leurs habits du dimanche, de vieilles femmes, des enfants, tout un peuple joyeux agitant des mouchoirs et souhaitant longue vie aux mariés.

Le ciel était bleu, la brise fraîche et le soleil ardent. Un carrosse découvert progressait avec lenteur vers la cathédrale : au côté de son père, Ilona paraissait l'image même de l'épousée radieuse.

La robe choisie était faite de soie épaisse incrustée de dentelles; Ilona l'avait achetée en se disant qu'il y aurait peut-être un grand bal au palais, ou une cérémonie officielle avec beaucoup d'apparat.

Cette robe avait une traîne et convenait parfaitement à une mariée. Quant au voile, brodé au point d'Alençon par des mains de fée, plusieurs reines du Doubrozkha l'avaient porté. Il ne retombait pas devant le visage d'Ilona, mais ornait un diadème en brillants placé en arrière sur sa magnifique chevelure auburn.

Ce bijou, d'une valeur incalculable, provenait de la collection royale. A plusieurs reprises la reine avait vanté à sa fille les trésors de la couronne. Quand le conservateur avait prié Ilona de venir faire son choix, la jeune fille avait eu beaucoup de mal à se décider.

Les jardiniers du palais lui avaient confectionné un bouquet de roses et d'œillets blancs; elle le tenait bien serré entre ses mains pour les empêcher de trembler.

Elle se sentait affreusement faible. Non seulement à cause des coups reçus la veille, mais parce qu'elle avait peur de l'avenir.

Au moment de quitter sa chambre, elle eût tant voulu se précipiter dans les bras de Magda! Mais elle résista, par souci de conserver sa dignité.

60

– Que Dieu vous bénisse, ma petite enfant! avait chuchoté la vieille femme en l'embrassant.

Et en regardant Ilona monter en voiture, elle ne put retenir ses larmes.

Sa Majesté avait défendu aux domestiques du palais de venir à la cathédrale.

– Pourriez-vous intervenir en leur faveur? avait demandé Ilona au colonel Czaky. Ils seront si déçus! Surtout ceux qui ont connu ma mère...

– J'ai déjà parlé au roi, Votre Altesse. Il m'a répondu qu'un mariage n'est pas un spectacle et que moins il y aura de monde, mieux cela vaudra.

En s'asseyant auprès du roi dans la voiture, la jeune fille s'efforça de cacher son dégoût et sa colère. Elle dut s'avouer cependant que dans son uniforme chamarré de décorations, son père avait encore grande allure : son casque empanaché, son dolman barré de brandebourgs crânement jeté sur une épaule, son épée, ses éperons d'or, tout cela lui allait magnifiquement. Mais l'expression renfrognée de son visage et la terrible fureur qu'on pouvait lire dans son regard faisaient penser à un volcan sur le point d'entrer en éruption. Ilona pria le Ciel que la cérémonie religieuse se déroule sans protestations ni éclat de sa part.

Même si on la forçait à épouser un inconnu, pour le bien du pays, la journée de ses noces devait être le radieux point de départ d'une ère de paix et de prospérité.

Et pas question de parler au roi : de chaque côté de la chaussée une foule de citoyens en délire criaient leur joie en jetant des fleurs à la mariée.

Devant la cathédrale s'étendait une vaste place, noire de monde. Le bruit devenait assourdissant.

61

Une garde d'honneur contenait la foule et laissait un étroit passage au carrosse; celui-ci gagna difficilement le bas des marches et Ilona pénétra dans le sombre bâtiment gothique. Là s'arrêtait la clameur de la ville : une atmosphère mystique et parfumée d'encens apaisa comme un baume les nerfs tendus de la jeune fille.

Les Doubrozkhans pratiquaient la religion catholique romaine, comme les Hongrois et à l'encontre de leurs voisins orthodoxes. Quand elle habitait Paris, Ilona s'était souvent rendue aux offices à Notre-Dame et elle ne se sentit pas trop intimidée.

Pas une place vide, ni dans la nef ni sur les bas-côtés. Tous les personnages importants du pays s'étaient rassemblés dans cet étroit espace. Baissant modestement les yeux, Ilona remonta l'allée centrale au bras de son père. Elle voyait à peine les dames vêtues de leurs plus beaux atours et parées de somptueux bijoux, les hommes en habit ou en uniforme couvert de décorations; mais bientôt elle distingua la haute silhouette de l'archevêque entouré de nombreux officiants.

Agenouillé sur un prie-Dieu se tenait un homme aux larges épaules et à la tête fièrement dressée.

Ilona gardait son regard rivé au sol : elle n'osait pas lever les yeux sur l'inconnu. Elle avait trop peur de ce qu'elle découvrirait...

Le roi détacha son bras et la laissa debout au pied de l'autel.

« Je dois me conduire avec dignité! Je dois faire honneur à ma mère. Pour mon peuple et pour la paix... »

Cette exhortation qu'elle se fit à elle-même rendit

à Ilona un peu d'assurance. Elle s'agenouilla sur le prie-Dieu vacant et y posa son bouquet.

Son épaule droite frôlait une épaule d'or et une manche de drap rouge. Tournerait-elle un peu la tête? Elle était beaucoup trop consciente d'une présence masculine à son côté, peut-être hostile, mais certainement pas indifférente...

Cette tunique rouge ne lui rappelait aucun uniforme connu; peut-être les Saros avaient-ils les leurs? Comme elle savait peu de chose sur celui qui allait devenir son mari!

Ce fut bientôt le moment d'échanger les formules sacramentelles.

L'homme qui se tenait à ses côtés répéta d'une voix forte après l'archevêque :

– Moi, Stanislas Anton Saros, je te prends pour épouse, Ilona Constance, pour le meilleur et pour le pire.

Ses paroles résonnèrent sous les voûtes gothiques. Il parlait lentement et avec conviction. Par contraste, l'engagement d'Ilona parut vague et presque inaudible.

Sa main fut saisie par celle du prince qui passa à son annulaire un cercle d'or enrichi de diamants : il semblait si étroit qu'Ilona craignit un instant qu'il ne fût trop juste, ce qui aurait paru de mauvais augure à l'assistance. Les Doubrozkhans étaient superstitieux.

Mais en fin de compte l'anneau la serrait à peine, beaucoup moins que l'énergique pression de la main d'Anton sur la sienne, pendant que l'archevêque prononçait une longue bénédiction.

– Je vous déclare mari et femme, conclut-il.

Pour la première fois, Ilona leva les yeux vers

63

celui qui était maintenant son époux. Elle demeura figée, croyant rêver.

Loin d'être unie à un parfait inconnu, elle reconnaissait le prince Anton : cet homme lui avait parlé, l'avait prise dans ses bras, l'avait même embrassée...

Son inoubliable regard bleu soutint le sien avec beaucoup d'ironie. Ilona pâlit; son cœur battait à se rompre. Elle dut se faire violence pour suivre l'office jusqu'à la fin.

Quand celui-ci fut terminé, elle se tourna vers son père et s'inclina devant lui en une profonde révérence, tandis que le prince saluait.

Le roi se leva de son imposant siège sculpté, passa devant les nouveaux époux et se mit à descendre seul l'allée centrale de la cathédrale.

Ce n'était nullement prévu par le protocole; mais il voulait montrer aux assistants et surtout aux Saros que c'était lui qui commandait! Il était le plus important, les mariés devaient passer après lui!

Sans se troubler, le prince offrit à Ilona son bras gauche et la jeune fille y glissa sa main gantée de blanc. Ils s'avancèrent derrière le roi, à une allure plus modérée, souriant, saluant et laissant aux invités le temps de respirer entre une révérence à Sa Majesté Joseph III et une autre à la princesse.

Quand ils atteignirent le porche, ils virent que le roi était déjà monté dans son carrosse qui s'éloignait.

La foule acclama longuement les jeunes époux qui prirent place dans une voiture découverte, entièrement décorée de fleurs blanches; les chevaux portaient des aigrettes blanches sur la tête et des harnais de cuir blanc. Tout cela était charmant et de bon goût; Ilona devina aussitôt que son père n'y était pour rien : cet équipage appartenait certainement au prince.

Des applaudissements avaient salué son entrée dans la cathédrale, mais ils ne purent se comparer à l'ovation soulevée par la présence du prince à ses côtés. Une véritable mer de bouquets, de drapeaux, de mouchoirs multicolores ondulait devant ses yeux, tandis qu'éclataient les vivats et les bravos.

Ilona jeta un coup d'œil au prince et le vit très occupé à répondre par des gestes de la main aux acclamations des personnes placées sur sa droite; aussitôt elle fit de même de son côté.

Quatre chevaux tiraient le léger véhicule. Le trajet parut court pendant la traversée de la capitale et lors de la montée qui conduisait au palais. Derrière les mariés venait un long cortège de voitures transportant les hauts dignitaires, ambassadeurs, magistrats, nobles et clergé.

Un piquet de militaires montait la garde. A leur vue, le prince murmura :

— Il est certainement prévu que je les passe en inspection.

— Oui, sans doute..., convint Ilona en se tournant vers lui.

Le prince arborait un large sourire.

— Ce n'est pas la première fois que nous nous rencontrons, murmura-t-il en se penchant vers sa compagne.

Il pensait sûrement au fameux baiser... Ilona devint toute rose et baissa les paupières, faisant battre d'un geste inconscient ses cils très longs et très noirs.

Il devait bien rire de son embarras, Anton !

Descendus de voiture, les nouveaux époux s'avancèrent devant les soldats. Le prince adressa quelques mots à plusieurs d'entre eux. C'était le major Kassa qui commandait le détachement. Ilona le complimenta sur la tenue de ses hommes.

Puis tous deux montèrent les marches menant au grand vestibule et se dirigèrent vers la salle du trône, déjà pleine de monde. Les miroirs réfléchissaient les toilettes, les bijoux, les uniformes chamarrés d'or, les coiffures empanachées. Les lustres étincelaient de toutes leurs pendeloques dans le brouhaha des conversations. Sur une table placée non loin du trône se dressait un gâteau de mariage d'une hauteur impressionnante : les cuisiniers du palais avaient dû opérer des prodiges pour le confectionner en si peu de temps.

Ilona se proposa d'aller les remercier personnellement ; elle désirait aussi en garder un morceau pour sa chère Magda.

Mais ce n'était plus le moment de prendre de telles résolutions ; toute l'assistance se pressait autour d'elle pour la féliciter !

Des invités lui parlèrent de sa mère qu'ils avaient bien connue et qui leur avait beaucoup manqué. D'autres la regardaient d'un air critique. Ce devaient être des membres de la famille Saros.

La réception dura un temps infini ; le colonel Czaky eut la délicate attention d'apporter une coupe de champagne et quelques petits fours à la princesse.

– Nous comptions sur un toast porté par Sa Majesté en votre honneur, Altesse, dit-il à voix basse, mais le roi semble avoir disparu.

– Ne pourrions-nous demander au Premier ministre de le remplacer ?

Ilona ne voulait surtout pas obliger son père à participer à une cérémonie qu'il jugeait haïssable.

66

Le colonel approuva l'idée, et quelques minutes plus tard, Andréas Fülek montait sur l'estrade, un verre à la main.

– Votre Majesté, Votre Altesse Royale, Prince, mesdames et messieurs, commença-t-il. Nous célébrons un jour faste dans l'histoire du Doubrozkha. Je crois sincèrement qu'à partir d'aujourd'hui les problèmes et les difficultés que nous avons connus vont s'estomper. Je lève mon verre en souhaitant qu'il n'y ait plus de rivalités, plus de divisions, ni dans notre pays ni dans nos cœurs. Le prince Anton et sa ravissante épouse nous montrent la voie. Que chacun de nous participe au salut de la nation!

» Je bois à la santé des mariés : longue vie et bonheur pour eux et pour leur descendance! Et à nous tous, je souhaite le bien le plus précieux : la paix! acheva-t-il.

Il y eut un cri unanime :

– A la santé des mariés!

Chacun vida son verre.

Prenant Ilona par la main, le prince monta à son tour sur l'estrade.

– Je désire remercier le Premier ministre, en mon nom et de la part de mon épouse. Devant vous, je promets de me mettre au service du Doubrozkha. Il n'y aura plus de dissensions entre les Radak et les Saros. Avec l'aide de chacun, nous créerons un pays nouveau, un pays de paix et de prospérité pour les générations futures!

Tout le monde applaudit. Les vivats redoublèrent quand on vit le prince poser ses lèvres sur les doigts d'Ilona. Il ne les effleura pas de façon rapide comme l'aurait fait un courtisan, mais il retourna sa paume et y appuya sa bouche avec cette insistance que la princesse connaissait déjà... Un frémissement la parcourut tout entière.

Elle levait les yeux vers son mari pour lui demander si elle aussi devait faire une déclaration, quand un aide de camp fendit la foule.

– Votre Altesse Royale, Sa Majesté désire vous parler immédiatement, ainsi qu'au prince Anton!

Sans attendre davantage, Ilona descendit de l'estrade et suivit l'envoyé de son père jusqu'à une petite porte qui donnait sur les appartements du roi.

Celui-ci était seul et semblait d'une humeur exécrable. Il attendit que son aide de camp eût refermé le battant derrière Ilona et le prince pour crier à ce dernier:

– J'ai entendu votre petit discours!

– J'espère qu'il a obtenu votre approbation, Sire.

– Mon approbation? Vous vous exprimez comme si vous aviez l'intention de prendre très bientôt ma place sur le trône! Et de produire une quantité de marmots pour ma succession! Vous vous imaginez que cela me plaît?

– Je ne veux nullement prendre votre place! J'avais cru comprendre que la princesse était votre héritière et que, plus tard, elle régnerait sur le Doubrozkha...

– Plus tard? Dans très longtemps, et à ce moment-là vous ne serez plus de ce monde!

Ilona vit le prince faire un pas en arrière et devenir très pâle. Elle voulut s'interposer entre son mari et le roi qui s'énervait de plus en plus.

– Oh, je saisis très bien votre petit calcul, Prince Anton Saros! Vous vous dites qu'après vous avoir accepté pour gendre, j'accepterai vos enfants pour

68

héritiers! C'est là que vous vous trompez : vous ne toucherez pas à ma fille, et si vous osez l'approcher je vous étranglerai avec les deux mains que voici.

Il criait à tue-tête.

— Vous n'êtes qu'un vulgaire bandit! Les fameux princes de Saros ne valent pas mieux que leurs paysans! Si vous voulez une femme dans votre lit, prenez donc une de ces Bohémiennes à qui vous avez donné asile! Qui se ressemble s'assemble!

Le roi devenait cramoisi. Il crachait ses mots à la figure du prince et poursuivit :

— On m'a obligé, oui, obligé à vous donner ma fille en mariage. Mais attention! Ce n'est qu'une mascarade, pour tromper les Russes et le menu peuple. Vous ne salirez pas mon enfant qui vous est supérieure par la naissance et l'éducation. D'ailleurs, elle vous hait autant que moi! Pour elle, vous n'êtes qu'un laquais. Si je pouvais agir à ma guise, je vous chasserais d'ici à coups de fouet, et je vous condamnerais à la pendaison! Comme je pendrai un jour tous les Saros!

Ilona dévisageait son père, complètement ahurie. Elle n'avait la force ni de bouger ni de protester.

Le prince la saisit par le bras et l'entraîna vers la sortie. Arrivé à la porte, il fit un petit salut de la tête en direction du roi, puis il s'engouffra dans le corridor.

Ilona pouvait entendre son père qui continuait de crier :

— Voulez-vous m'écouter! Je n'en ai pas fini avec vous!

Le prince marchait d'un pas décidé.

— Nous partons, annonça-t-il d'une voix dangereusement calme.

Il gardait un contrôle absolu sur lui-même et

69

cependant Ilona pouvait sentir des vagues de fureur émaner de lui d'une manière presque palpable.

« Ne devons-nous pas prendre congé du Premier ministre et des invités ? » avait-elle envie de lui demander. Mais en fin de compte, c'était superflu : en ne les voyant pas revenir de chez le roi, chacun devinerait facilement ce qui s'était passé.

Dans le grand vestibule, il n'y avait que des valets de pied.

— Ma voiture! ordonna le prince.

Quelqu'un descendit en hâte le perron pour prévenir le cocher qui, visiblement, ne s'attendait pas à être requis si vite.

Le joli véhicule qui attendait à l'ombre pour ménager sa décoration de fleurs blanches fut amené au bas des marches et, comme un automate, Ilona y monta. Le prince s'assit à ses côtés.

Il n'y avait personne pour leur crier « Bonne chance » et « Au revoir ».

Les sentinelles se mirent au garde-à-vous. Le cocher secoua les rênes. Et l'équipage quitta le palais...

4

Ilona aurait bien voulu présenter ses excuses au prince, mais elle n'en eut pas le temps.

Elle cherchait ses mots. Son cerveau semblait ne plus fonctionner et restait encore sous le choc de la scène précédente. Comme après la correction à coups de cravache, Ilona se sentait broyée, impuissante. Son dos la faisait encore souffrir.

« Je dois parler à mon mari, lui dire combien je suis désolée... »

Ses lèvres s'ouvraient pour exprimer ses regrets lorsque la voiture franchit les grilles du palais.

Une petite foule qui s'était amassée au-dehors explosa aussitôt en cris de joie et en applaudissements. Des enfants, perchés dans les arbres, jetèrent à la princesse des bouquets de fleurs sauvages. Sans même réfléchir, Ilona se mit à saluer en agitant la main, à sourire, à remercier d'une inclinaison de tête. Il lui était maintenant impossible de se faire entendre du prince.

Jusqu'à Vitozi le chemin était bordé de spectateurs, heureux de voir les mariés de si près. Quand la voiture atteignit le pont qui franchissait le fleuve, il lui fut presque impossible de fendre la masse des Doubrozkhans.

– Dieu vous bénisse! Bonne chance! Tous nos
vœux de bonheur!

Des fillettes lançaient des pétales de roses. L'en-
thousiasme était à son comble. L'équipage entra en
territoire Saros et il parut à Ilona que les habitants
y étaient mieux vêtus et plus heureux.

A une croisée de chemins se dressait une statue
qu'on avait décorée de guirlandes. Une inscription
sur le socle mentionnait que le personnage repré-
senté une épée à la main était un prince de
Saros.

– Un discours! Un discours! scandait la foule.

Le prince acquiesça de bonne grâce. Il se mit
debout dans la voiture, puis, s'avisant que les gens
voudraient aussi voir Ilona, il lui donna la main
pour qu'elle se lève.

Ilona conservait mal son équilibre car les chevaux, excités par les cris, ne cessaient d'ébranler la
voiture pourtant bien suspendue. Le prince plaça
un bras autour de la taille de son épouse et réclama
le silence d'une voix autoritaire.

– Chut, chut! entendit-on de partout.

Anton Saros prononça les mêmes phrases que
dans la salle du trône et termina ainsi :

– La paix ne sera possible que grâce aux efforts
de tous. Les rivalités doivent cesser. Nous sommes
menacés par un ennemi de l'extérieur, beaucoup
plus fort que nous. C'est en nous unissant que nous
pourrons survivre!

« Il aime sincèrement le Doubrozkha », pensa la
princesse.

Et, pour la première fois, elle se demanda si l'idée
de leur mariage ne venait pas de lui.

Les jeunes époux s'assirent de nouveau et les
chevaux repartirent, mais il était toujours impossi-

ble de tenir une conversation. Toutes les routes étaient envahies par la foule. De nombreux citadins avaient quitté Vitozi pour suivre la voiture en exprimant leur allégresse, et ils ne s'arrêtèrent qu'au pied de la colline où s'élevait le château des Saros.

Ilona découvrit la légère construction de pierre blanche à travers des rameaux d'acacias en fleur et fut surprise par la finesse de son ornementation que l'on ne distinguait pas de loin : de fines tourelles, des rambardes ajourées, des arcades et des pignons sculptés donnaient l'impression d'une construction de rêve.

A la place des murs et des fortifications qui entouraient le palais de Vitozi, on voyait des rhododendrons et des azalées aux riches couleurs. Les arbres de Judée, vêtus de pourpre, contrastaient de façon saisissante avec le vert un peu gris des oliviers.

Les sentinelles portaient un uniforme inconnu d'Ilona : le prince avait donc sa propre armée. Elle comprenait maintenant pourquoi son père ne s'était pas lancé à l'attaque du territoire Saros – ce qu'il aurait fait, bien entendu, si aucune troupe n'avait pu s'opposer à lui.

« Voilà une des raisons de la hargne qu'il nourrit contre eux... » pensa-t-elle.

La voiture s'arrêta devant la porte d'entrée. Dès qu'Ilona fut descendue, le prince lui présenta les officiers de son état-major – pour la plupart des hommes jeunes et fort élégants dans leur uniforme cramoisi. Ils contemplèrent leur nouvelle princesse avec une admiration non déguisée.

Ensuite, Ilona fut conduite à l'intérieur du château; il était beaucoup moins pompeux et froid que

73

le palais royal. De grands vases de fleurs décoraient les tables et les cheminées. Aux murs étaient accrochés des portraits d'hommes et de femmes, tous beaux, et qui étaient certainement les ancêtres du prince Anton.

Un groupe empressé entourait en permanence les nouveaux mariés. Ainsi Ilona ne put à aucun moment présenter ses excuses pour l'inqualifiable conduite de son père. Elle observa le prince à la dérobée pour voir s'il était encore fâché.

– Vous désirez certainement prendre un peu de repos après cette dure journée, proposa celui-ci d'une voix courtoise. L'intendante du château va vous montrer votre chambre.

Ilona aurait préféré quelques minutes de tranquillité. Elle fut sur le point de réclamer un tête-à-tête, mais cela aurait pu blesser les assistants. Aussi garda-t-elle le silence et fit un petit salut à ceux qui l'entouraient avant de monter l'escalier, sa traîne bruissant doucement sur les marches de marbre rose.

Au premier étage l'attendait une femme d'âge mûr et portant, accroché à sa ceinture, un trousseau de clés, insigne de sa fonction. Elle fit un aimable accueil à la nouvelle châtelaine et la conduisit jusqu'à une grande pièce qui donnait sur la façade du château.

– Votre Altesse Royale, voici la chambre des princesses de Saros. Les appartements de Son Altesse se trouvent juste à côté.

Ilona trouva les meubles charmants : ils avaient été sculptés par des artistes locaux, qui s'étaient divertis à introduire ici et là parmi les moulures classiques des fleurs typiques du pays. On voyait même, à la tête et au pied du lit, de petits animaux

74

sauvages se faufiler parmi les rinceaux de feuillages.

– C'est ravissant! Comme cela me plaît!

L'intendante parut heureuse de ces compliments.

– Le mobilier n'est peut-être pas à la dernière mode, mais nous l'entretenons avec amour, dit-elle d'un ton modeste.

– On le sent!

– Et toute la domesticité du château souhaite que vous trouviez le bonheur ici!

– Je crois que ce ne sera pas difficile... répondit la princesse à voix basse.

A gauche de la chambre s'ouvraient un petit salon et une garde-robe où Magda, entourée de servantes, surveillait le rangement des affaires d'Ilona.

Malgré les prières de Magda, la princesse ne voulut pas s'allonger sur le lit, quoique son dos la fît encore souffrir. Elle prit place dans un fauteuil, près d'une des fenêtres. Au loin s'étendait la capitale et derrière, sur sa haute colline, s'élevait le palais du roi.

Qu'avait fait son père après son départ? Etait-il venu dans la salle du trône passer sa colère sur les invités? Il en était fort capable!

En se remémorant la façon dont il avait traité le prince Anton, Ilona se sentait positivement malade.

« Peut-on oublier une pareille insulte?... »

Tout autre Doubrozkhan se voyant apostrophé en des termes semblables aurait décidé de laver son honneur dans le sang! Au lieu de cela, le prince s'en était allé sans dire un mot. Sa maîtrise était admirable... mais quel désastreux départ pour la vie d'un couple!

75

Croyait-il qu'elle partageait les idées de son père? Qu'elle était d'accord avec lui?

Le roi lui avait fait dire, la veille, que la princesse de Doubrozkha n'avait nulle envie de le recevoir... Ah, si elle avait appris sa présence au palais! Si elle avait pu lui parler avant leur mariage!

Puis elle se rappela l'ardeur avec laquelle il l'avait serrée dans ses bras pour l'embrasser, cette ironie dans sa voix quand il l'avait chassée de la forêt:

« A la maison, mon cœur! Vos soupirants se languissent de vous! »

Que voulait-il dire exactement?

Parce qu'elle se promenait seule, sans chaperon, avait-il cru qu'elle n'était qu'une personne sans importance, ou plutôt l'une de ces « dames » qui étalaient leurs beaux atours au Bois de Boulogne?

« Oh, non! Sûrement pas! Il ne me confondait pas... »

Mais aussitôt son bon sens lui fit comprendre que telle était certainement sa pensée pour l'avoir embrassée de façon aussi cavalière!

Elle appuya la tête contre le dossier du fauteuil, gagnée par un vertige. Il lui semblait qu'un tourbillon l'avait saisie et que le moindre de ses mouvements la faisait s'enfoncer plus avant dans l'abîme...

« Il me faut parler au prince! décida-t-elle. Ce soir je lui expliquerai tout, depuis le début. »

Elle bavardait avec Magda, une heure plus tard, quand elle entendit frapper à la porte du petit salon.

Magda alla ouvrir. Elle conversa un moment avec le visiteur et revint près d'Ilona.

– Quelqu'un désire vous parler, mademoiselle. C'est le secrétaire du prince.

– Faites-le entrer, Magda, dit la princesse, ravie de rencontrer un habitant du château.

Elle commençait à croire qu'on l'avait oubliée.

Un homme âgé, aux cheveux blancs, pénétra dans la pièce et salua respectueusement.

– Le prince m'a chargé de vous présenter la liste de vos engagements pour demain, Votre Altesse, et de vous prévenir qu'il se tiendra ce soir un dîner de famille, à l'occasion duquel vous ferez la connaissance de sa parentèle.

– Merci, monsieur. Puis-je connaître votre nom?

– Dusza, Madame. Le comte Dusza.

– Et vous êtes le secrétaire de mon mari?

Le comte sourit.

– Son secrétaire, son bras droit, son homme à tout faire!

Ilona se mit à rire.

– Vous ne devez pas manquer d'occupations!

– J'aurai toujours du temps à vous consacrer, Votre Altesse. Je suis à votre entière disposition.

– Merci beaucoup. Je compte sur vous pour m'éviter de commettre des fautes ou des impairs! Vous savez sans doute que j'ai vécu à l'étranger pendant huit ans et que je ne suis pas au fait des récents problèmes du Doubrozkha.

– Nous prions tous le ciel pour qu'ils reçoivent une solution!

– Je le souhaite de tout mon cœur.

Le comte voulut prendre congé mais Ilona le retint.

– S'il vous plaît, sauriez-vous quels sont les parents du prince que je rencontrerai ce soir? Je

77

suis un peu impressionnée à l'idée de faire leur connaissance... Ils seront sans doute nombreux?

Le vieil homme la regarda avec un sourire plein de bonté.

– J'ai la liste de tous les invités. Je peux vous les décrire de façon rapide et vous expliquer leurs liens de parenté.

Il prit place dans un fauteuil sur la prière d'Ilona et tous deux bavardèrent sans voir le temps passer.

La famille des princes de Saros était en fait beaucoup plus ancienne que celle des Radak, mais elle comprenait surtout des hommes dénués d'ambition, contents de vivre sur leurs terres ou de voyager au loin.

Les Saros étaient fort nombreux : certains se trouvaient apparentés par leur mariage aux familles régnantes européennes. Ils jouaient un rôle plus mondain et culturel que politique.

Ces révélations rendirent encore plus vifs les regrets d'Ilona pour la grossièreté du roi envers son mari.

Demeurée seule, elle se dit une fois de plus qu'elle devait présenter ses excuses au prince le plus tôt possible.

Magda vint l'aider à revêtir une somptueuse toilette du soir.

– Les domestiques ont l'air heureux ici, remarqua-t-elle en agrafant le corsage de la jeune fille.

– Qu'est-ce qui vous fait penser cela, Magda?

– Oh, c'est facile à voir! Tout le monde chante en travaillant.

– J'aimerais les entendre...

Ilona s'avança devant le miroir de sa garde-robe et se contempla en tournant sur elle-même. Ce

78

n'était plus du blanc qu'elle portait ce soir-là, mais une gaze argentée sur fond vert d'eau, relevée de place en place par des bouquets de feuilles minuscules, d'un vert plus soutenu.

Cette création, signée d'un grand nom parisien, pouvait fort bien se passer de bijoux.

Après avoir remonté les cheveux d'Ilona sur le sommet de sa tête d'où ils retombaient en longues anglaises couleur de cuivre, Magda poussa un cri de satisfaction :

– Comme cela vous va bien, mademoiselle! Ah, si votre chère maman pouvait vous voir!

– Elle me voit peut-être...

Ilona sentait toujours la reine très proche d'elle.

– Et ce soir, reprit Magda, quand je vous aurai enlevé cette robe, je vous mettrai encore de ma pommade qui fait des miracles!

La fidèle servante avait regardé d'un air horrifié, la nuit précédente, les marques rouges qui striaient le dos de la princesse.

– Mademoiselle! Que s'est-il passé? Comment cela vous est-il arrivé?

– Oh, ce n'est rien, Magda. Je suis tombée de cheval au milieu de buissons épineux. Aucune importance!

Sa voix était détachée, mais toutes deux savaient que c'était un mensonge. Magda reconnaissait les traces de coups et devinait qui les avait donnés.

« Au moins, songea la princesse, je suis à l'abri dans ce château! Mon père ne pourra plus me cravacher. »

Sur cette pensée réconfortante, elle descendit le grand escalier d'un pas vif, en souriant.

Son miroir lui avait dit qu'elle était belle et que le

79

prince ne rougirait pas de son épouse. Elle se rappela une fois de plus le baiser dans le bois et un petit frisson la traversa : cette nuit, quand les invités seraient partis, elle serait à nouveau dans les bras d'Anton...

Un laquais ouvrit pour elle une porte donnant sur un vaste salon où une vingtaine de personnes s'entretenaient avec animation. Au milieu se tenait le prince Anton, très grand et plus élégant que jamais dans sa tenue de soirée.

Il s'avança vers Ilona qui chercha son regard, espérant y lire un peu de tendresse ou d'admiration, mais avec une urbanité sans chaleur il s'inclina sur sa main et la conduisit vers ses hôtes afin de faire les présentations.

Le dîner fut très gai, très agréable.

Ilona ne s'était jamais trouvée en si nombreuse compagnie pour un repas, devant un couvert si raffiné et des plats si appétissants. La famille du prince ne se composait que d'hommes et de femmes jeunes et charmants, à ce qu'il semblait! La conversation n'avait rien à voir avec celle, plutôt érudite, des amis parisiens de la reine. Ce n'étaient que reparties pleines d'esprit où chacun se renvoyait la balle en un jeu captivant.

Ilona parlait peu mais s'amusait beaucoup à suivre ces assauts d'intelligence et de gaieté. Pour la première fois de sa vie elle recevait mille compliments de la part de ses voisins, et ils avaient l'air sincères!

La table était toute en longueur : Ilona présidait à une extrémité, entre un oncle et un cousin de son mari, tandis que celui-ci était assis à l'autre bout. Ilona ne pouvait guère le voir à cause des candélabres, des coupes en argent débordant de raisins et de pêches, et des vases emplis de fleurs blanches.

A la fin du repas, les dames se rendirent au salon pendant que les messieurs prenaient des liqueurs au fumoir. Puis des parties de cartes furent organisées pour les personnes âgées, tandis que les plus jeunes se groupaient autour d'Ilona.

Quelqu'un lança au prince :

– Ton épouse doit trouver cette soirée bien ennuyeuse pour sa lune de miel, mon cher Anton.

– J'ai peur qu'elle ne trouve le Doubrozkha tout entier fort ennuyeux, après les fastes et la gaieté de sa vie en France ! répliqua froidement le prince.

Ilona le considéra d'un air étonné.

Croyait-il vraiment qu'elle avait participé à ce qu'on appelait « la vie parisienne »? En somme, il était aussi peu instruit de son existence passée qu'elle ne l'était de la sienne.

« Que nous avons de choses à nous dire ! » songea-t-elle.

La réception se termina tôt. Les invités les plus âgés voulaient rentrer chez eux, et les autres, malgré leur évident désir de prolonger la soirée, se retirèrent en même temps avec beaucoup de tact.

Ilona et le prince raccompagnèrent leurs hôtes dans le vestibule où les adieux se firent sans cérémonie.

Une tante d'Anton prit à part Ilona et lui déclara :

– Nous sommes tellement heureux, ma chère enfant, de vous accueillir au sein de notre famille ! Vous êtes ravissante, et vous apporterez le bonheur à mon neveu !

Elle embrassa la princesse avec affection, suivie d'un jeune cousin qui murmura :

81

– Si j'avais pu vous rencontrer le premier! Anton a trop de chance!

Quand chacun fut parti, les laquais refermèrent la lourde porte et Ilona comprit que le prince désirait qu'elle monte dans sa chambre.

Timidement, elle lui fit une petite révérence et sans un mot commença de gravir l'escalier.

Des lumières brillaient dans sa chambre et Magda s'était assoupie dans un fauteuil.

Elle s'éveilla aussitôt et s'enquit de la soirée. Tout en bavardant, elle déshabilla la princesse, enduisit son dos avec une crème rafraîchissante et la revêtit d'une chemise de nuit à volants et rubans de velours achetée à Paris. Mais Magda ne recevait que de brèves réponses, car Ilona répétait en elle-même ce qu'elle dirait au prince tout à l'heure.

Magda se retira le plus vite possible.

– Bonsoir, ma chère petite Demoiselle, que le Seigneur vous bénisse!

– Bonsoir, Magda, et merci!

Quand la porte se fut refermée derrière la vieille servante, Ilona resta seule.

Elle s'allongea sur le lit. Son cœur battait, ses lèvres étaient un peu sèches.

« Comme j'ai peur!... »

Elle ne savait pas exactement si elle craignait la venue du prince ou la triste nécessité de lui présenter ses excuses.

Un peu plus tard elle entendit sa voix. Il parlait sans doute à son valet de chambre. Ou était-ce à l'un des soldats? On voyait des sentinelles un peu partout : le prince était gardé par sa propre armée, tout comme le roi.

Une porte s'ouvrit. Le cœur d'Ilona bondit dans sa poitrine. Le prince fit son entrée, vêtu d'une robe d'intérieur qui touchait presque le sol. Il avait l'air immense et impressionnant.

Il devait traverser toute la pièce pour atteindre le lit. Maintenant que le moment était venu de lui parler, Ilona cherchait désespérément ses mots.

A son grand étonnement, elle vit le prince s'arrêter près d'une chaise et y prendre place. Il arrangea soigneusement sa robe de chambre sur ses jambes croisées, s'appuya au dossier, puis ouvrit un livre qu'il tenait à la main.

Estomaquée, Ilona le regardait se plonger dans sa lecture.

S'agissait-il d'une Bible? Etait-ce un recueil de prières? Observait-il une coutume du Doubrozkha?

Il avait l'air fort intéressé par sa lecture. Il tourna bientôt une page, puis une autre.

Ilona le voyait de profil et se disait qu'aucun homme au monde ne pouvait se comparer à lui. Son front carré, ses cheveux très noirs, son nez droit évoquaient les dieux grecs. Mais ses yeux si bleus pouvaient contenir tant de moquerie et de gaieté!

Elle le contempla jusqu'à graver ses traits dans sa mémoire. Elle attendait et le temps passait.

« Je dois lui parler, lui demander ce qu'il fait! »

Comment s'adresser à lui? Oserait-elle l'appeler Anton? Prince ou Votre Altesse ferait bien pompeux...

« Quand il aura fini cette page, il lèvera la tête et me regardera! »

Le prince tourna pourtant le feuillet sans quitter son livre des yeux. Ilona restait immobile, adossée aux oreillers, ses cheveux tombant sur ses épaules en masses rutilantes.

Enfin, le prince ferma son livre...

83

Ilona retint sa respiration. Il allait venir vers elle, il l'écouterait et elle se confierait à lui.

Mais le prince se leva tranquillement, mit son livre sous son bras et, sans un regard pour Ilona, il se dirigea vers la porte par où il était venu.

Comme délivrée d'une tension insupportable, la jeune fille bondit hors de son lit. Sur sa cheminée, une pendule sonna : cela faisait une heure exactement que le prince était entré...

Les mains d'Ilona se portèrent à son visage et elle y enfouit ses joues brûlantes : elle comprenait maintenant la véritable intention du prince Anton.

Il était entouré d'oreilles pour l'entendre et d'yeux pour l'épier, où qu'il fût. S'il avait délibérément ignoré son épouse le soir de ses noces, quelqu'un l'aurait su et l'aurait répété à la ronde. Une nouvelle pareille n'aurait pas été longue à se répandre partout.

Alors le pays entier aurait su que l'union des clans Radak et Saros n'était, selon les propres mots du roi, qu'une « mascarade pour tromper l'ennemi ».

Or, selon toute apparence, le prince avait rempli ses devoirs d'époux. Il était allé dans la chambre de sa femme et y était demeuré une heure; le mariage était consommé.

Eperdue de honte, Ilona retomba sur son lit, la face enfouie dans son oreiller. Le prince Anton ne la désirait pas. Il avait été obligé de l'épouser. L'autre jour, dans la forêt, il l'avait embrassée parce qu'il la trouvait jolie, mais maintenant qu'ils étaient mari et femme il ne ressentait plus aucun attrait pour elle!

Ilona ne savait pas grand-chose des hommes et de l'amour. Elle avait pu constater que les femmes très belles et très parées suscitaient un désir qui n'était pas le véritable amour, celui qu'on recherche dans le mariage. Hélas, le prince n'éprouvait même pas cet intérêt passager pour elle : il n'avait pas envie de lui parler, de la prendre dans ses bras...

Etait-ce la conséquence des paroles blessantes du roi? Elles étaient, certes, assez injurieuses pour éveiller une haine mortelle, non seulement contre le monarque mais aussi contre sa famille entière.

« Oh, non! Il ne doit pas... Je lui montrerai que je suis différente; je lui expliquerai... »

En murmurant ces mots tout bas, Ilona songea avec désespoir qu'elle n'arriverait peut-être à rien...

Debout devant sa fenêtre, Ilona contemplait la vallée baignée de soleil.

Elle trouvait ce panorama toujours plus beau à chaque fois. Les montagnes se découpaient en pointes blanches sur le ciel bleu, le fleuve serpentait à travers les étendues verdoyantes. Tout respirait la joie de vivre, alors que son cœur devenait de plus en plus lourd.

– Quelle robe mettez-vous aujourd'hui, mademoiselle? lui demanda Magda.

– N'importe laquelle. Cela m'est égal.

Pendant quatre jours elle avait pris grand soin de sa personne, adoptant des coiffures nouvelles, cherchant à se mettre en valeur, et cela en pure perte! Durant ces quatre jours, le prince ne lui avait adressé la parole que devant des tiers, avec une froideur qui ne révélait que trop bien ses sentiments!

Le jeune couple n'avait jamais de tête-à-tête. Jour

85

après jour, les époux avaient visité les villes du Doubrozkha, cérémonieusement accueillis par les bourgmestres, recevant des cadeaux, écoutant des discours.

Partout la foule les applaudissait chaleureusement, comme le jour de leur mariage. Le prince Anton savait parler au peuple.

Ilona, au cours de ces déplacements, apprit beaucoup sur son mari. Elle découvrit d'abord son immense popularité, puis l'ascendant qu'il exerçait grâce à sa personnalité hors du commun.

On le regardait avec confiance et admiration. Il visitait les villes pour se faire voir des habitants mais aussi pour leur insuffler du courage. Malgré les lois injustes, et les troupes russes massées à la frontière, il suscitait en eux un nouvel espoir, un patriotisme plus ardent. Sans critiquer en rien le monarque régnant, il persuadait chacun que l'avenir serait meilleur.

« Comment cela pourrait-il être, avec mon père sur le trône ? » se demandait Ilona.

Comme tous, elle était bouleversée par la voix profonde du prince et par la sincérité de ses paroles. Il aimait le Doubrozkha et il communiquait ce sentiment à son entourage, au point d'exercer sur eux une véritable fascination.

La princesse aurait goûté sans réserve le plaisir de ce voyage au milieu des paysages enchanteurs et des foules en délire, si elle avait pu ouvrir son cœur à son mari.

Or, on ne les laissait jamais seuls... Dans leur voiture prenaient place en face d'eux un aide de camp et une dame d'honneur. Le prince avait souvent un mot à leur dire, il plaisantait et riait avec simplicité, comme s'il n'était en rien leur

86

supérieur. Il traitait ses interlocuteurs avec une aisance qui bannissait la rigueur et le protocole, et qui faisait des repas officiels de merveilleux moments de détente.

Il aimait aussi étonner. Par exemple, il faisait monter un petit garçon dans la voiture et l'asseyait près de lui. Ou bien, pendant un banquet, il portait un toast à une dame effacée, rendant les autres femmes envieuses. Il écoutait les doléances d'une veuve, les réclamations de jeunes soldats, avec autant de bienveillance que la liste des prix gagnés par le troupeau d'un fermier.

Anton ne semblait jamais fatigué. Quand la voiture regagnait le château à la nuit tombante, il entonnait une vieille chanson du folklore doubrozkhan. Son aide de camp se joignait à lui, et parfois, la dame d'honneur. Ilona n'osait pas unir sa voix aux leurs et elle restait muette, comme le cocher, et comme les deux grooms qui marquaient la mesure en remuant les épaules.

Puis, le soir, quand les convives s'étaient retirés, le prince se transformait en un véritable glaçon. Vers 11 heures il entrait dans la chambre d'Ilona, un livre à la main, pour s'asseoir sur la même chaise et y demeurer le temps réglementaire.

La princesse était trop intimidée, trop malheureuse pour lui parler. La veille, elle avait pourtant rassemblé tout son courage.

– Anton...

Sa voix s'était étranglée dans sa gorge et il n'avait rien entendu.

– Anton! avait-elle repris au bout d'un moment qui lui sembla une éternité.

Cette fois, le prince tourna la tête et se leva. Enfin, il allait lui parler!

87

Mais, refermant son livre, il se dirigea vers sa chambre d'un pas peut-être un peu plus rapide que d'habitude. Sa visite n'avait duré qu'une demi-heure...

En poussant un cri de désespoir Ilona s'était effondrée sur son lit où elle avait passé le reste de la nuit à chercher en vain le sommeil. S'agitant et se retournant sans cesse, elle se demandait si elle pourrait continuer longtemps à supporter une existence pareille.

Le lendemain se passerait comme les autres jours, à visiter une autre ville, à entendre les mêmes discours. Ensuite on rentrerait au château pour y recevoir une nouvelle série d'invités...

Si seulement ils pouvaient vivre en bon accord tous les deux! Chaque instant serait alors chargé de bonheur, rempli de délices! Ils accompliraient ensemble une grande tâche pour leur pays.

C'est cela qu'elle attendait de la vie! C'est ce que sa mère aurait voulu pour elle. Or, en ce moment, quand elle accomplissait son devoir de princesse, elle se sentait misérable et déplacée, car elle connaissait les sentiments du prince à son égard.

Lorsque Ilona descendit l'escalier d'honneur et qu'elle trouva au bas du perron la même voiture découverte, prête à l'emmener vers quelque bourgade encore inconnue, elle faillit crier en voyant l'expression dédaigneuse du prince.

Pendant le trajet, il ne lui adressa la parole que par nécessité. Il ne la regardait jamais en face, et quand il était obligé de la prendre par la main, ses doigts semblaient glacés, comme si le sang n'y circulait plus.

« Il me déteste à ce point!... »

Pas de chansons au retour : ce soir-là, le prince

Anton restait silencieux. Son aide de camp eut beau lui adresser quelques remarques et la dame d'honneur lui lancer des sourires engageants, il ne répondait que par monosyllabes. Tous deux ne tarderaient pas à découvrir que tout n'allait pas pour le mieux chez les jeunes mariés.

Au bout de cinq jours, une barrière s'était élevée entre eux, immatérielle mais plus résistante que la pierre ou le métal.

Ilona poussa un soupir de soulagement à la vue du château qui rougeoyait au soleil couchant. C'est alors que la bonne humeur du prince parut lui revenir : à l'étonnement de ses compagnons, il se mit à discourir avec animation.

Dans le vestibule, le comte Dusza vint accueillir les arrivants. Ilona fut sincèrement heureuse de le voir.

Au fil des jours elle s'était mise à l'apprécier et à lui faire confiance. Le comte lui apprenait beaucoup de choses. Il lui donnait quelques renseignements sur chacun des invités qu'elle rencontrerait le soir et lui apprenait l'historique des villes qu'elle visiterait dans la journée.

— Vous avez tout à fait raison, cher comte, dit-elle en lui tendant la main. Cette citadelle que nous avons visitée aujourd'hui avait vraiment l'air d'un nid d'aigle !

— Je pensais que cet endroit vous plairait.

— En effet ! Et nous avons entendu de la très bonne musique.

— Différente de celle que vous aurez ce soir !

— Ce soir ?

— Le prince ne vous a pas prévenue ? demanda le comte en jetant un coup d'œil vers Anton qui entrait à la suite d'Ilona.

89

— Prévenue de quoi?

— Vous serez tous deux les invités des Bohémiens.

La princesse fut tellement surprise qu'elle en resta sans voix. Le secrétaire lui expliqua :

— Vous savez qu'ils sont nombreux sur le territoire de Saros et qu'ils sont très reconnaissants au prince de sa protection.

— Contre le roi, n'est-ce pas?...

— Sa Majesté aurait envoyé une expédition contre eux si l'armée de Saros ne s'y était opposée. C'est bien cela, Votre Altesse?

Anton s'approchait. Il suggéra :

— Ma femme tient sans doute les Bohémiens en aussi piètre estime que son père; il se peut que leur gratitude lui pèse. Si elle désire ne pas se rendre à leur invitation, je trouverai une excuse...

Le prince parlait d'un ton neutre, comme si Ilona avait été absente. Cette attitude l'exaspéra :

— Cela me ferait grand plaisir de me rendre à leur fête, dit-elle au comte en souriant. Je crois qu'il serait bien d'apporter des cadeaux. Auriez-vous l'amabilité de m'aider à les choisir?

— Je suis à vos ordres, Princesse.

Et Ilona gravit l'escalier dans une grande envolée de dentelles et de volants, le menton fièrement redressé.

« Je commence à me lasser des manières du prince! Tôt ou tard je saurai le contraindre à s'expliquer, se promit-elle en atteignant le palier. Impossible de lui parler quand je suis dans mon lit et lui sur une chaise, en train de lire : je l'attendrai donc debout et lui demanderai d'avoir une conversation avec moi dans le petit salon qui sépare nos deux chambres! »

90

Elle essayait de se donner du courage, mais quelque chose en elle de faible et d'un peu lâche lui soufflait que le prince, avec son assurance et sa forte personnalité, tournerait ses pauvres tentatives en ridicule.

– Si vous n'êtes pas satisfaite de la situation actuelle, dirait-il, qu'attendez-vous de moi, exactement?

Oserait-elle lui avouer ce qu'elle désirait de lui? Il aurait alors beau jeu de répondre qu'il n'était pas attiré par elle.

« Et c'est la vérité! Je ne lui plais pas, voilà tout! »

Elle appréhendait cette soirée chez les Bohémiens. Le prince ne s'occuperait pas d'elle un seul instant, et elle feindrait de s'intéresser à tous, à l'exception du prince, bien entendu. Son rôle lui paraissait de plus en plus pesant.

Les Bohémiens avaient installé leur campement aux abords du parc. L'air était doux et le ciel constellé d'étoiles. Ilona et le prince firent le chemin à pied. Des serviteurs les accompagnaient, avec des torches. Ils se retirèrent quand le chef des Gitans eut accueilli ses hôtes, les deux seules personnes présentes à ne pas appartenir à sa race.

Ilona se souvenait des Bohémiens comme de pauvres nomades qui parcouraient la campagne en petits groupes, hantaient les marchés pour y dire la bonne aventure et y vendre des paniers d'osier, avec un ours tenu par une chaîne. Mais elle n'avait pas rencontré la tribu entière, et encore moins leur roi.

Celui qui se tenait devant elle portait un long manteau grenat rehaussé de broderies d'or, un

91

bonnet en peau d'agneau et des bottes vertes avec des éperons d'argent.

Il portait à la main une hachette, symbole de son autorité, et de l'autre un fouet à trois lanières. Ses bijoux scintillaient à la lueur d'un grand feu, tout comme les dagues passées à la ceinture de la plupart des Bohémiens.

Les jupes des femmes, de tous les tons de rouge, étaient superposées, parfois jusqu'à sept. Des bracelets encerclaient leurs bras et leurs chevilles par douzaines.

Près du brasier qui brûlait au centre du cercle de tentes, Ilona et le prince s'assirent sur des piles de coussins. On leur servit un repas typique et très inhabituel.

Tout d'abord de la viande rôtie avec des herbes, accompagnée de pain très blanc et très compact. Le vin était servi dans des gobelets de métal incrustés de saphirs et d'améthystes. Puis des pâtisseries aux amandes et aux raisins de Smyrne, arrosées de miel.

Le chef des Bohémiens adressa alors un discours au prince, et le remercia des bontés qu'il prodiguait à son peuple. Quand il eut exprimé sa gratitude et ses vœux de bonheur, la musique commença. Elle ne ressemblait en rien à ce qu'Ilona entendait d'habitude. Des tambourins marquaient la cadence. Des flûtes de Pan et des cithares soutenaient une mélodie que les violons enrichissaient de leurs résonances langoureuses.

Ilona sentait son cœur frémir dans sa poitrine. Cet air lancinant balayait la tristesse de son âme, avec tous les mauvais souvenirs de Paris, du siège, de la pauvreté, de la mort... Elle était tout à coup libre, épanouie, heureuse.

Les timbales furent vidées, puis remplies de nouveau; et la danse commença.

Le tempo des musiciens devint plus saccadé, plus sauvage. Ilona se sentait entraînée malgré elle. Son pied battait la mesure, son corps oscillait. Ses yeux verts brillaient dans l'ombre et ses lèvres s'ouvraient, prêtes à fredonner la mélodie.

Les danseurs tournaient lentement, les mains sur les hanches. C'étaient surtout des femmes, mais quand le rythme s'accéléra des hommes se levèrent et se joignirent à la ronde.

Leurs bijoux et leurs vêtements tressautaient en mesure. Les chants devinrent de plus en plus forts. On jeta du bois sur le feu et les flammes bondirent.

Une femme parut alors. Elle avait la grâce et la souplesse d'une panthère. La foule l'applaudit.

– Mavra, danse pour nous!

Ses cheveux dénoués tombaient en boucles noires bien au-dessous de sa taille. Ses pommettes hautes et ses yeux obliques dénotaient son ascendance slave.

Elle débuta par la danse du serpent.

Son corps ondulait, ses jupes tourbillonnaient autour de ses chevilles fines et ses bras flexibles évoquaient un enlacement de reptiles.

Ilona en avait entendu parler. Impossible de détacher les yeux de cette forme souple qui bondissait, s'étirait, se repliait avec une grâce indescriptible en suivant les méandres de la musique.

Les violons jouèrent en sourdine, les autres danseurs disparurent dans l'ombre, et l'éblouissante créature vint se planter devant le prince, les mains tendues.

Nul besoin de mots.

Ses yeux brillants, ses lèvres rouges, tout en elle appelait le prince à la suivre.

Pour Ilona, le monde sembla s'arrêter.

Anton se leva et saisit les mains qu'on lui offrait. Il s'élança pour mettre ses pas dans les pas de la Bohémienne.

Et elle comprit alors à la violence de son désarroi qu'elle était devenue amoureuse de cet homme!

5

L'amour ne lui était pas venu comme une joie, comme une fête, mais comme un feu dévorant. Il brûlait en elle avec force tandis qu'elle regardait le prince danser avec Mavra. Elle désirait arracher cette femme de ses bras, lui faire mal, l'exclure, voire la tuer!

Jamais encore, dans sa vie très protégée, elle n'avait ressenti des émotions si contradictoires et qui transformaient son cœur en un champ de bataille. Ses mains tremblaient, le sang courait furieusement dans ses veines. Elle aurait voulu pouvoir se jeter à la gorge de la Bohémienne...

Elle aimait le prince Anton! Et avec une jalousie passionnée, brûlante! La maîtrise de soi que sa mère lui avait enseignée jour après jour depuis sa tendre enfance l'abandonnait. Elle était sur le point de crier aux assistants que le prince était à elle et pas à cette enjôleuse!

Il était son mari! Un archevêque les avait unis par le sacrement du mariage. Pour garder son époux, elle était prête à combattre n'importe quelle femme dans le monde!

Le prince dansait toujours à la lueur des flammes, seul avec Mavra. Puis les autres sortirent de l'ombre sur la reprise en force des tambourins. Dans un

95

déploiement de jupes et un cliquetis de bracelets et de colliers, de jeunes Bohémiennes vinrent encercler le couple si bien accordé, répétant les gestes de Mavra et invitant les hommes à les rejoindre.

Il ne restait plus comme spectateurs que le roi des Gitans et quelques vieilles femmes.

La scène sembla soudain vaciller devant Ilona. Les couleurs se mélangeaient en un kaléidoscope. La musique était devenue stridente et lui écorchait les tympans.

Un instant elle voulut se lever, se mêler aux danseurs et obliger le prince à être son partenaire. Mais un reste d'orgueil la fit se tourner vers le chef des Bohémiens pour lui dire :

— Je me sens lasse. M'excuseriez-vous si je regagnais le château?

Il sourit pour toute réponse, d'un air compréhensif. Ilona s'empressa d'ajouter :

— Je ne veux pas gâcher la soirée du prince. Je vais m'éclipser, personne ne le remarquera.

Le chef aida la princesse à se lever, puis la conduisit dans la pénombre jusqu'aux grilles du château. Là, se trouvaient quelques serviteurs munis de torches et des aides de camp qui attendaient le retour du prince.

— Merci pour ce merveilleux spectacle, merci de tout cœur! Veuillez transmettre mes remerciements à vos compagnons : ce sont de grands artistes, assura Ilona.

— Votre Altesse nous comble, répondit le Tsigane en portant la main à son front, à ses lèvres et à sa poitrine d'une manière très orientale.

Sans un regard en arrière, Ilona retourna au château, accompagnée de plusieurs valets. Tout le long du chemin, les accents rauques des violons et les notes aiguës des flûtes de Pan la suivaient comme un appel, ou plutôt comme un rire moqueur. Son sang courait tumultueusement dans ses veines et une respiration saccadée agitait sa poitrine. Elle espérait que rien n'en transparaissait et que son attitude était aussi digne et posée que les jours précédents.

Une fois dans sa chambre, Ilona ouvrit la fenêtre et s'appuya au balcon sous le ciel semé d'étoiles. Le rythme de la musique s'accordait à celui de son cœur. Elle avait envie de gémir : cet amour nouveau lui semblait trop lourd à porter.

Vivement elle referma la croisée. Le silence revint, mais non la tranquillité dans son esprit.

Longtemps elle resta éveillée. D'ailleurs, elle ne cherchait pas le sommeil. Elle se tenait en alerte dans son lit, guettant le retour du prince. Viendrait-il chez elle, cette nuit ? Très probablement pas ! Il resterait près de Mavra, et baiserait ses lèvres rouges qui se tendaient vers lui en une moue provocante...

A vingt-huit ans, le prince devait avoir connu beaucoup de femmes dans sa vie. Si cette belle Gitane était sa maîtresse, qui pouvait l'en blâmer ?

Jamais Ilona n'aurait imaginé qu'une femme pût avoir tant de séduction, de beauté, de magnétisme. Elle se torturait en se remémorant la façon désinvolte dont le prince l'avait embrassée dans la forêt, puis en imaginant quelle devait être la réponse de Mavra. Celle-ci possédait certainement une science de la volupté qu'elle-même était bien incapable d'égaler !

Pourquoi n'avait-elle pas compris jusqu'à présent qu'il était l'unique, l'homme de sa vie ? Pourquoi s'était-elle fâchée dans le bois, pourquoi n'avait-elle

97

pas répondu à son étreinte comme l'aurait fait n'importe quelle autre femme?

Elle se rappelait cette lueur moqueuse dans les yeux d'un bleu si éclatant: il riait d'elle qui ne le trouvait pas irrésistible, alors que tant de femmes étaient tombées dans ses bras!

« Il me méprise; il me déteste peut-être... » se dit-elle misérablement.

La fin de la nuit fut un abîme de honte et de désespoir.

« Mais je l'aime, et il est mon mari! » voulait-elle crier au monde entier.

Si le prince était venu dans sa chambre comme les soirs précédents, elle aurait oublié sa bonne éducation, sa retenue, son orgueil, sa maîtrise de soi... Elle aurait passé outre aux conseils de sa mère et se serait jetée à ses pieds en l'implorant de l'embrasser une seconde fois!

« Maman aurait honte de moi », pensa-t-elle quand les premiers rayons de l'aube se glissèrent entre les rideaux, mais elle ne pouvait pas plus dominer ses sentiments qu'empêcher le jour de se lever.

Elle sonna la fidèle Magda bien avant l'heure habituelle.

– Quel est le programme de la journée, Magda? Dois-je partir en voiture avec Son Altesse?

Elle voulait voir le prince. Elle voulait entendre sa voix.

« Où qu'il ait passé la nuit, je serai tout de même assise près de lui. Je le regarderai parler à la foule et charmer tout le monde. Au moins, il ne sera pas en compagnie de ses maîtresses! »

Magda revint avec le petit déjeuner et un mot du comte Dusza.

98

Ilona s'empressa de déplier la feuille de papier.

« Son Altesse rencontrera pendant toute la matinée le Premier ministre et d'autres membres du Parlement. Votre Altesse Royale aimerait-elle faire une promenade à cheval pendant ce temps? »

Ilona fut extrêmement déçue d'avoir à attendre l'heure du déjeuner pour rencontrer enfin son mari, mais au moins il était retenu par des hommes du gouvernement et non par une séduisante Bohémienne!

– Je dois donner une réponse au comte, dit-elle à Magda. Faites-lui dire que je serai prête dans une heure pour sortir à cheval, mais que je ne désire qu'un valet pour toute escorte.

Elle se rappelait sa première « escapade » de Vitozi, avec deux officiers et deux grooms. Le prince ne devait pas avoir les mêmes idées sur le décorum que Sa Majesté, surtout quand il s'agissait d'une promenade en territoire Saros.

Elle revêtit une amazone de piqué blanc, la dernière mode lancée par l'impératrice Eugénie avant le désastre de Sedan, puis elle virevolta devant son miroir, se trouvant fort élégante.

Quel dommage que le prince fût trop occupé pour la voir!

Puis son excitation retomba : cet homme n'était pas attiré par les femmes hautaines et distinguées, mais par de pulpeuses créatures, au charme exotique...

Le comte Dusza se trouvait dans le vestibule.

– J'ai suivi vos ordres, Altesse; un seul valet vous accompagnera, mais je vous supplie de ne pas trop vous éloigner du château.

– Voyez-vous quelque danger à ce que je me promène dans les bois que l'on aperçoit d'ici?

– Non, aucun! Toutefois, je suis persuadé que le prince exigerait la présence d'un aide de camp à vos côtés.

– Oh! surtout pas!... objecta la princesse avec un sourire enjôleur.

– Je comprends Votre Altesse, et en même temps j'insiste : soyez prudente! Vous êtes trop précieuse, votre perte serait irréparable!

Ilona eut fort envie de répliquer : « Pour vous peut-être, mais pas pour votre mari! » Prenant congé du comte, elle quitta le château sur un joli cheval rouan, suivie d'un groom assez âgé qu'elle connaissait déjà de vue. Ce dernier se tenait modestement à quelques longueurs en arrière.

La princesse prit un sentier qui escaladait la colline. Il était bordé d'arbres et à travers les branches on voyait la vallée où serpentait le fleuve.

La pente devint rapidement très escarpée. Des ponts de fortune franchissaient les ravins; des torrents descendaient en cascades. A une intersection, Ilona hésita.

Un embranchement montait vers les sommets couverts de neige, l'autre plongeait dans un vallon à travers une forêt de sapins. Celle-ci ressemblait au bois où le prince et elle s'étaient rencontrés pour la première fois. Peut-être cet endroit n'était-il pas très éloigné.

Tenant son cheval bien en main, la princesse commença la descente rapide sous les sombres ramures des sapins. Se souvenant de la clairière et du groupe d'hommes en colère contre les lois injustes du roi, elle comprenait maintenant pourquoi cette réunion devait rester secrète. Sa Majesté n'aurait pas hésité à sévir contre des sujets mécontents qui réclamaient l'assistance des Saros!

Sortie du couvert des arbres, Ilona aperçut au loin la masse verdoyante d'une forêt de pins. Peut-être était-ce celle qu'elle cherchait!

Il lui fallut un certain temps pour parcourir l'espace découvert jusqu'à l'orée du bois. Puis soudain elle tomba sur une trouée qu'elle reconnut aussitôt, avec les troncs abattus sur lesquels étaient assis les paysans, la souche qui servait de piédestal à l'orateur et l'endroit, tout au fond, d'où le prince s'était levé pour venir à sa rencontre.

Elle aurait dû comprendre à ce moment-là que le destin les mettait en présence et qu'elle allait s'éprendre de cet inconnu.

Au contraire, elle avait trouvé désagréable sa façon de lui parler, de saisir la bride de son cheval, de l'emmener jusqu'à la rivière. Et là...

Ilona ferma les yeux. Elle sentait le prince la soulever de selle entre ses mains vigoureuses pour la poser à terre et la serrer dans ses bras. Il avait penché son visage vers elle...

« Pourquoi n'ai-je pas su à cet instant que je ne pourrais plus lui échapper, que je l'aimerais à tout jamais? » se dit-elle avec désespoir.

Une voix respectueuse la fit sortir de ses rêveries.

— Pardonnez-moi, Votre Altesse Royale, mais il me semble que nous devrions retourner au château.

Ilona eut un sursaut; elle avait oublié qu'elle n'était pas seule.

— Est-il donc si tard?

— Pas tellement, Votre Altesse, mais j'ai comme l'impression qu'on nous suit.

— Qui pourrait nous suivre?

Le valet regardait autour de lui avec inquiétude.

– Cela fait un certain temps que je sens des regards posés sur nous. Et ça ne me plaît guère. Il faut rentrer, à mon avis.

– Pourquoi nous épierait-on? Enfin, de toute façon la matinée s'avance et je suis prête à faire demi-tour.

Ilona voulait cependant revoir le fleuve et l'endroit où elle avait traversé après que le prince l'eut quittée. Le niveau avait encore baissé, mais l'eau était toujours claire et courait sur les cailloux avec un bruit joyeux. Un poisson fit un bond qui fit courir une onde concentrique jusqu'à la rive opposée.

Le groom poussa un cri...

Quatre cavaliers venaient d'apparaître de l'autre côté et poussaient leur monture à travers le courant. Ilona les considéra, fort étonnée, puis elle entendit derrière elle le bruit d'une galopade. Plusieurs hommes s'approchaient.

Son cœur s'arrêta de battre et une sueur glacée perla sur son front : elle avait reconnu ces colosses au teint foncé, vêtus de cuir et portant d'épaisses barbes noires. On lui en avait souvent parlé; c'étaient des Sandjaks, redoutables voleurs de troupeaux qui vivaient comme des hors-la-loi dans les régions montagneuses les plus reculées.

Ils faisaient trembler les propriétaires et les bergers, car ils dérobaient chevaux et moutons et tuaient ceux qui les gardaient. Ils étaient haïs par les Doubrozkhans, car ils appartenaient à une peuplade ottomane venue de Turquie voilà bien longtemps et qui ne s'était jamais mélangée aux honnêtes gens.

Les Sandjaks cernaient Ilona et son compagnon;

102

brutalement frappé à la tête, celui-ci tomba, inanimé.

Ilona voulut protester, crier, appeler à l'aide, mais deux hommes saisirent la bride de son cheval de part et d'autre et l'entraînèrent vers la rive.

Elle ne pouvait rien faire sinon se cramponner au pommeau de sa selle pour ne pas perdre l'équilibre.

La troupe remonta sur la berge et prit le galop à travers l'immense steppe.

Un bandit tirait derrière lui le cheval du groom. Faisait-il partie de ceux qui l'avaient suivie en l'espionnant? Pourquoi l'entraînait-on ainsi? Et où?

Les sabots faisaient jaillir des mottes de terre, le vent dénouait les cheveux d'Ilona, et la course continuait à un train d'enfer. Il était impossible de réfléchir. Se maintenir en selle était la seule préoccupation de la jeune femme.

Soudain, le meneur du groupe lança un ordre d'une voix forte et les deux hommes qui encadraient la princesse ralentirent.

L'un d'eux regarda en arrière et se mit à pousser des jurons. La cause en était claire : le cheval sans cavalier s'était pris une jambe dans les rênes flottantes et on s'arrêtait pour le dégager.

— Que voulez-vous de moi? réussit à demander Ilona en cherchant sa respiration.

L'homme à qui elle s'adressait était un individu aux cheveux longs et à l'épaisse moustache aussi noire que sa barbe. Il avait de hautes pommettes et un type plus asiatique que ses compagnons.

— De l'argent, ma belle, beaucoup d'argent!

Il s'appliqua une grande claque sur la cuisse et éclata de rire.

103

– Quoi? Vous demanderez une rançon pour moi?

Ilona parlait avec lenteur en détachant les syllabes pour bien se faire comprendre.

L'homme secoua la tête.

– Argent, déjà! dit-il en montrant la poche de sa veste en peau d'agneau.

Les autres se mirent à rire aussi.

La princesse les regarda l'un après l'autre. Puis une idée lui vint : son père n'aurait-il pas payé ces bandits afin de la reprendre aux Saros?

Oui, telle devait être sa vengeance! Il voulait tourner le prince en dérision, déconcerter son gouvernement, jeter la consternation dans le peuple!

Comment avait-il pu imaginer une chose pareille? Oh, c'était bien de lui : toujours à faire ce qu'on attendait le moins!

Il s'était entendu avec les Sandjaks pour qu'ils s'emparent d'elle et la gardent un certain temps, au fond des montagnes, dans leur retraite qui était certainement une caverne d'une saleté repoussante...

Son père n'avait pas oublié qu'elle avait osé le défier. Il l'avait châtiée avec sa cravache et maintenant il lui infligeait une autre humiliation, plus cruelle encore...

Que faire pour s'opposer à ce plan diabolique?

Elle ne voyait aucune solution. Ses ravisseurs riaient et plaisantaient. L'un d'eux examina les sabots du cheval capturé et découvrit qu'une pierre s'était logée sous un fer. Sortant de sa ceinture un couteau affûté comme un rasoir, cet homme entreprit de dégager le caillou.

Ilona gardait les yeux fixés sur cette lame brillante, se demandant combien de fois elle s'était

104

logée dans la poitrine d'un animal, d'un Doubroz-khan, peut-être...

Pendant sa petite enfance, Magda lui faisait peur en lui racontant les horribles exploits des Sandjaks.

— Si tu n'es pas obéissante, ils viendront te prendre! lui affirmait-elle.

Ils étaient venus, et sur l'ordre du roi!

« Pourquoi me traiter de cette façon, moi, son enfant? »

Quelqu'un au château connaissait-il la direction qu'elle avait empruntée? Le groom avait-il pu se relever pour chercher de l'aide?

Du temps s'écoulerait avant qu'on parte à sa recherche. Les bandits seraient déjà dans la montagne, à l'abri, quand leurs poursuivants se mettraient en route!

Il fallut un bon moment au Sandjak pour extraire la petite pierre qui gênait le cheval. Comme les montures de ses ravisseurs n'étaient pas ferrées, Ilona se dit qu'ils avaient peu d'expérience en ce domaine.

— On vous a donné de l'argent pour me capturer, déclara-t-elle d'un ton résolu. Je vous offre deux fois plus pour ma liberté!

Les hommes ne semblaient pas comprendre. Elle répéta sa phrase en changeant les mots. Finalement, l'un des bandits allongea le bras, la main ouverte. Il réclamait l'argent tout de suite.

— Je n'en ai pas sur moi, mais il y en a beaucoup au château! dit-elle.

Pointant le doigt en direction de Saros, elle promit :

— Je vous donnerai trois fois plus que le roi!

Les Sandjaks hochaient la tête.

– Cinq fois plus!

D'autres tendirent la main. Sur l'une d'elles il y avait du sang séché. Ilona eut un frisson.

– Là-bas, dans mon château, beaucoup d'argent!

Elle ne s'attira que des rires pour réponse. Les hors-la-loi ne risqueraient pas leur vie. Ils se méfiaient de ses promesses!

Celui qui s'occupait du cheval volé poussa une exclamation satisfaite. Il jeta le caillou dans l'herbe et bondit en selle. Et tout le monde repartit au galop.

Ilona lança un dernier regard en arrière, espérant voir le château entre les arbres, et soudain, elle réprima un cri de surprise. Très loin, parmi la verdure, se dessinait une tache sombre et mouvante. Ne s'agissait-il pas d'une troupe de cavaliers?

Bien vite elle tourna la tête vers l'avant pour ne pas donner l'alerte à ses ravisseurs. Ils échangeaient des plaisanteries et ne songeaient pas à forcer l'allure. Ils devaient rire de ses tentatives pour les acheter et se dire qu'elle cherchait simplement à les attirer à portée de fusil des Saros.

En tout cas, il étaient accaparés par leur conversation et n'avançaient plus qu'à vitesse modérée.

Leurs chevaux, des bêtes en splendide condition physique, trottaient avec une grâce particulière à la race magyare et cette économie de moyens permet une longue course sans fatigue.

Deux hommes tenaient toujours la bride d'Ilona qui serrait les mains sur le pommeau de sa selle, n'osant tourner la tête, mais persuadée d'entendre le bruit étouffé d'une galopade...

Elle avait eu beaucoup de mal à retenir un cri de surprise en apercevant les poursuivants, et elle devait maintenant faire appel à toute sa volonté pour ne pas se retourner une nouvelle fois.

Ils avançaient toujours à petite allure quand l'un des bandits poussa une exclamation. Ilona put enfin se retourner.

Elle n'avait pas été victime d'une hallucination! A une demi-lieue environ, un groupe de cavaliers galopait à leur poursuite. Plusieurs d'entre eux portaient l'uniforme des Saros.

Les Sandjaks se ruèrent en avant dans une fuite précipitée. Ils fouéttèrent sauvagement leurs bêtes et elle dut à nouveau s'accrocher ferme pour ne pas tomber. Son chapeau s'envola, arraché par le vent de la course.

Chaque montagnard, penché sur le cou de sa monture, hurlait des cris d'encouragement et lui enfonçait ses éperons dans les flancs. A chaque coup de cravache, le cheval de la princesse faisait un écart et menaçait de jeter à terre sa cavalière.

Puis, comme par miracle, le galop des poursuivants devint de plus en plus fort, de plus en plus proche.

On entendit le claquement d'un pistolet et l'homme qui maintenait le cheval d'Ilona sur la gauche glissa à terre, traîné par sa monture. Un cavalier lancé au grand galop vint se ranger tout près de la princesse. Puis d'un geste calculé il l'enleva au vol.

Elle retomba sur l'avant d'une selle. A moitié inconsciente, elle comprit cependant qu'elle se trouvait dans les bras du prince et que sa tête reposait sur sa poitrine.

C'était un exploit dont rêvait tout cavalier doubrozkhan : enlever quelqu'un d'une monture à une autre, et ce, en plein galop!

Ilona tenta de reprendre son souffle mais, en même temps, son cœur bondissait de joie, car le prince avait su la retrouver. La sauver...

Il tenait un peu à elle, puisqu'il était parti à sa recherche!

Magda sortit de la chambre d'Ilona et découvrit le prince qui attendait derrière la porte.

Elle avait entendu frapper très doucement et s'était levée de son siège pour aller voir.

Refermant le battant avec précaution, elle fit la révérence et attendit les questions.

– Comment va-t-elle? demanda-t-il aussitôt.

– Son Altesse dort.

– Elle n'a pas eu de mal?

– Un peu secouée, voilà tout. C'est une épreuve de se faire capturer de cette façon!

– Certes! Mais j'espère qu'elle va bientôt se remettre de ses émotions.

– Pas si sûr! Mademoiselle est moins solide qu'elle ne le paraît. Et quoi d'étonnant à cela, quand on est passé par le siège de Paris?

Le prince fronça les sourcils.

– Comment? Que dites-vous là? Elle se trouvait dans Paris encerclé?

– Vous le savez bien! C'était là qu'elle vivait avec la reine.

– Je n'en avais aucune idée. Je croyais que vous habitiez le Berry?

– Rue de Berri! corrigea la vieille femme. Une rue donnant sur les Champs-Elysées.

– Elle a donc subi le siège? répéta le prince, comme s'il n'arrivait pas à y croire.

– C'était terrible! Je me demande comment nous

108

ne sommes pas mortes de faim. Savez-vous, Votre Altesse, qu'on payait jusqu'à vingt-huit francs un boisseau de pommes de terre et que le beurre valait trente francs la livre... quand on en trouvait?

Devant la colère de Magda, le prince eut un sourire.

— On m'a dit que ceux qui pouvaient payer obtenaient quand même de quoi manger. Vous ne manquiez pas d'argent!

— Nous n'en manquions pas!... reprit la fidèle servante d'une voix sarcastique. Ah oui! Nous vivions sur la fortune personnelle de Sa Majesté, ce qui n'était pas grand-chose, je peux vous l'affirmer! Nous étions trois fugitives, Mme Radak, sa fille et sa bonne. Qui prenait soin de nous?

— Je ne me doutais pas...

— Il fallait compter, mettre de côté, amasser sou par sou, car le couvent où était instruite Mademoiselle Ilona coûtait cher! Tout le temps des économies! Pour que ces dames puissent se confectionner une robe neuve, j'allais au marché leur acheter des chutes de tissu!

Le prince restait muet de surprise. Magda reprit :

— Nous avons joint les deux bouts jusqu'à la guerre. Alors il a fallu se rabattre sur le pain et la soupe. Nous n'avions même pas de quoi nous chauffer. C'est le froid qui a tué la reine! Elle s'est mise à tousser. Nuit et jour elle toussait, la pauvre âme, sans jamais se plaindre.

Magda regarda le prince d'un air implorant.

— Prenez soin de ma petite demoiselle! Comme sa mère, elle ne se plaint pas. Elle a été dressée à rester maîtresse d'elle-même en toute occasion, quoi qu'il advienne. Et quand le roi l'a battue, elle ne m'a pas dit la vérité. « Je suis tombée de cheval », a-t-elle prétendu. Comme si je ne savais pas reconnaître les coups de cravache!

— Quoi? Le roi l'a battue?

Le prince avait crié dans son émotion.

— Chut! Comme il le faisait avec sa femme... Vous avez bien vu son dos, Votre Altesse? Rien qu'une plaie. Comment pouvait-elle sourire le jour de son mariage, je me le suis demandé!

Le prince ne disait rien et, au bout d'un moment, Magda s'enquit avec un peu de gêne :

— Vous n'en parlerez pas à Mademoiselle? Elle me trouverait trop bavarde. Pendant des années j'ai aidé la reine à se dévêtir et à se coucher, les soirs où elle avait été frappée par Sa Majesté. Pas une fois elle ne m'en a parlé...

— Le roi est fou! Il est fou à lier!

— Oui, certainement, mais ce n'est pas sa faute.

Le prince eut l'air surpris.

— Oui, expliqua Magda, très peu de gens le savent, mais quand il était encore tout petit, l'une de ses nourrices l'a laissé tomber. Les domestiques ont eu trop peur, vous pensez bien qu'ils ne s'en sont pas vantés!

— Son cerveau a dû être lésé, dit le prince tout bas.

— Je l'ai toujours pensé, Votre Altesse. Aussi, quand le roi se met en rage, devient-il aussi dangereux qu'une bête sauvage...

Magda se mordit les lèvres.

— Si vous saviez tout ce que j'ai pu voir au palais! Mais, Dieu merci, ma chère petite demoiselle s'est échappée!

— Oui, affirma le prince, elle est saine et sauve à présent!

Ilona se réveilla tard dans l'après-midi.

Aussitôt, Magda ouvrit les rideaux et laissa pénétrer dans la pièce un soleil radieux.

– J'ai dormi tard? Quelle heure est-il?

– Comment vous sentez-vous, ma belle?

– Tout à fait bien! Je n'avais pas beaucoup dormi la nuit dernière et j'étais fatiguée.

– Bien sûr. Je vais vous chercher à manger. Le chef vous a préparé du bouillon. Voulez-vous autre chose?

– Presque rien. Le dîner est pour bientôt et il faut que j'y fasse honneur!

Mais Magda n'écoutait plus la princesse. Elle était déjà dans le corridor.

Restée seule, Ilona s'assit sur son lit et contempla sa jolie chambre illuminée de soleil. Son cœur chantait de joie : elle était au château, le prince l'y avait ramenée dans ses bras.

Elle aurait très bien pu revenir toute seule à cheval, mais elle avait préféré demeurer en selle devant lui, là elle goûtait un sentiment de repos et de sécurité tel qu'elle n'en avait jamais connu. C'était merveilleux d'appuyer sa tête contre la poitrine de son mari, de fermer les yeux et de se laisser bercer par son étreinte réconfortante.

Elle ne regrettait pas d'avoir été enlevée par les Sandjaks, puisque le prince avait déjoué leurs manœuvres et celles du roi...

L'un des ravisseurs avait été tué, un autre blessé au cours de l'escarmouche, le reste capturé.

Ilona leur aurait volontiers permis de repartir libres. Tout lui était égal, puisqu'elle reposait entre les bras du prince et qu'il la ramenait en lieu sûr, à une allure hélas! trop rapide!

111

Si la chevauchée avait pu ne jamais finir...

Quelqu'un l'avait soulevée pour la descendre de cheval, au bas du perron, et elle avait failli pousser un cri de protestation. Mais le prince avait déclaré :

– Je porterai Son Altesse jusqu'à sa chambre.

Alors, un frisson de joie l'avait traversée à se retrouver contre son cœur. Il la tenait bien serrée. Ses éperons firent un léger cliquetis quand il monta l'escalier d'honneur. Il n'avait pas voulu la confier à un domestique, ni même au comte Dusza!

Ilona se dit qu'elle allait enfin oser lui parler, lui avouer tout ce qu'elle tenait tant à lui révéler!

Mais dans sa chambre se tenaient Magda, l'intendante et plusieurs cameristes. Comment faire des confidences dans ces conditions?

Le prince l'avait allongée avec précaution sur le lit, pour se retirer aussitôt.

« Il m'a sauvée! se disait à présent Ilona. Il s'est précipité à ma recherche! Et il m'a retrouvée. Tant que je serai près de lui, je pourrai supporter son indifférence... »

Mais le souvenir de Mavra lui perça soudain le cœur, comme une dague bien affilée. Peut-être son mari était-il parti la rejoindre? Ou était-ce pour ce soir?

Magda tardait à revenir. Quand elle posa sur la courtepointe un plateau chargé de mets appétissants, présentés dans de la vaisselle d'argent, il était visible que quelque chose la tracassait.

Pendant des années Ilona avait vécu en étroite intimité avec la fidèle servante; elle pouvait deviner ce que Magda pensait au ton de sa voix ou à l'expression de son regard.

112

– Que se passe-t-il? De mauvaises nouvelles?...

– Buvez votre bouillon tant qu'il est chaud, mademoiselle.

Ilona en but une gorgée; c'était délicieux.

– Il est arrivé quelque chose, Magda. Vous avez l'air bouleversé.

– Cela n'a rien d'étonnant, après une journée pareille!

Ilona finit son bouillon.

– Je ne parle pas de mon enlèvement. Vous avez appris du nouveau dans les cuisines. Quand vous êtes descendue, vous étiez tout heureuse de m'avoir retrouvée saine et sauve.

– J'en suis toujours heureuse! Mangez, ma petite princesse. Il vous faut reprendre des forces.

Ilona, docilement, avala quelques bouchées, puis but un peu de vin.

– Soyez franche, Magda. Qu'est-il arrivé?

Il y eut un silence.

– J'insiste! Je veux savoir!

Elle était certaine à présent qu'une catastrophe avait frappé le prince. Le roi se serait-il attaqué à lui? Elle regardait Magda, très pâle, suppliante et terrifiée.

– Ce sont les Russes, mademoiselle!

– Les Russes?

– Il paraît que Sa Majesté les a fait entrer dans le pays pour l'aider!

– Non... Ce n'est pas possible!

Mais en disant ces mots, Ilona savait que son père était capable de tout.

– Le majordome du château a entendu plusieurs officiers qui discutaient des derniers événements : les Russes installent des canons dans l'enceinte du palais pour bombarder Vitozi!

Ilona était frappée d'horreur. Elle se rappelait trop bien les projectiles tombant sur Paris durant le siège, le bruit et la dévastation causés par les obus prussiens, les maisons éventrées, les morts et les blessés...

— Il ne faut pas! On doit les empêcher!

Quand les canons seraient en batterie sur la citadelle qui dominait la capitale, rien ne pourrait échapper à leur feu dévastateur.

— Que faire, Magda?

— Les chefs de l'armée de Saros sont en conférence actuellement avec Son Altesse. Vous, ma petite demoiselle, il faut vous mettre à l'abri. Je vais trouver le prince et lui parler personnellement.

Ilona sortait du lit.

— C'est moi qui parlerai au prince. Vite, Magda, ma robe de chambre en velours vert!

La vieille servante ne bougea pas.

— Mademoiselle, Son Altesse est en conférence avec son état-major, je viens de vous le dire.

— Je n'ai pas le temps de mettre une autre robe, Obéissez, Magda!

Ilona parlait avec une autorité dont elle usait rarement. Magda disparut dans la garde-robe et revint avec une jolie tenue d'intérieur achetée à Paris, en épais velours bordé de marabout.

Ilona croisa le vêtement par-devant, noua la ceinture, enfila des mules et, sans même se regarder dans le miroir, courut vers la porte.

— Mademoiselle, que faites-vous là? Il n'est pas question de descendre habillée de cette façon!

Mais la princesse ne l'écouta pas. Elle s'élança dans le corridor, dévala le grand escalier puis se renseigna dans le vestibule:

– Où se trouve Son Altesse?

Le valet de pied la regardait avec stupeur.

– Dans l'armurerie, Votre Altesse Royale. Dois-je vous annoncer?

Mais Ilona courait déjà vers l'armurerie : c'était une salle assez vaste, située au rez-de-chaussée, et dont les murs étaient décorés de pistolets et de trophées.

Deux laquais se tenaient de part et d'autre de la porte. Ils furent tellement surpris à la vue de la princesse qu'ils en oublièrent d'ouvrir le battant.

Ilona tourna la poignée elle-même et entra. Une trentaine de militaires entouraient le prince, penché sur une table jonchée de cartes et de papiers. La conversation, animée, cessa brusquement : toutes les têtes se tournèrent vers l'arrivante.

Sans un regard aux officiers Ilona ne voyait que le prince.

Lorsqu'il vit Ilona, ses merveilleux cheveux roux flottant sur ses épaules et ses prunelles plus vertes que le velours de son négligé, celui-ci faillit perdre contenance.

La princesse s'avança jusqu'au centre de la pièce et se planta face au prince Anton.

– Est-il vrai que les Russes occupent le palais royal pour y installer des canons?

– On le dit, mais ne vous inquiétez pas, répliqua le prince. Votre vie n'est pas en danger.

– Il s'agit bien de cela! dit-elle avec dédain. Je suis venue vous révéler le moyen d'entrer dans la citadelle pour prendre les Russes par surprise!

Un vif étonnement se peignit sur tous les visages.

– Y aurait-il un autre accès que la grande porte, Votre Altesse? demanda un homme âgé.

115

Il se rappelait certainement les nombreux assauts que le palais avait soutenus et repoussés victorieusement au fil de l'histoire grâce à sa position inexpugnable.

– Oui. Je connais une entrée secrète. Mon père lui-même doit en avoir oublié l'existence.

Dès que Magda lui eut révélé la présence des Russes dans la forteresse, Ilona s'était souvenue d'un secret que son frère lui avait confié quand elle avait dix ans.

Le jeune homme aimait beaucoup passer la soirée dans des auberges de la capitale, à danser, boire et faire la cour aux jolies filles.

Or le roi l'avait appris, et il avait tancé Julius de façon magistrale, en se mettant dans une rage qui était vite devenue hystérique.

Comme il faisait mine de frapper son fils, celui-ci avait sorti son épée.

Se voir défié par son propre enfant avait rendu le roi ivre de fureur : il serait peut-être allé jusqu'au meurtre si la reine ne s'était pas interposée.

Finalement le prince avait été raccompagné jusqu'à sa chambre par son précepteur qui l'y avait enfermé pour vingt-quatre heures. Et s'il renouvelait ses escapades à Vitozi, c'était pour lui la prison dans les caves du palais.

Ilona s'était tout de suite inquiétée en voyant sa mère en pleurs. Elle avait questionné les domestiques et connut bientôt le fin mot de l'histoire. Ce qui l'inquiéta le plus fut d'apprendre que son frère n'aurait rien à manger tant que durerait son internement.

Le soir, incapable de s'endormir, elle attendit que sa bonne ait quitté la pièce voisine pour se cou-

116

cher : alors, elle se leva sans bruit, glissa son oreiller sous les couvertures pour faire croire qu'elle était bien dans son lit, puis enfila une robe de chambre et gagna sur la pointe des pieds la porte de Julius.

Elle frappa deux coups discrets.

— Qui est là?

— C'est moi, Ilona...

Son frère approcha pour lui parler à voix basse par le trou de la serrure.

— On m'a enfermé, petite sœur.

— Oui. Tu as faim?

— Je suis surtout furieux d'être enfermé! Sais-tu où on a mis la clé?

Ilona regarda autour d'elle et la découvrit, pendue à un clou.

— Je la vois; elle est là-haut.

— Peux-tu l'attraper?

— En montant sur une chaise, peut-être.

— Alors, fais-moi sortir! Je ne le dirai à personne, je le jure.

— Oh, je n'ai pas peur!

Elle trouva une chaise un peu plus loin dans le couloir et la plaça au bon endroit : se dressant sur la pointe des pieds, elle réussit à décrocher la clé.

Julius sortit de sa chambre et la serra dans ses bras.

— Tu es un ange, Ilona!

Très grand pour son âge, il faisait plus que ses seize ans : il avait l'air d'un homme.

— Je te remercie, ma petite sœur chérie!

— Où vas-tu?

— En ville, naturellement. Tu ne crois tout de

117

même pas que papa va me garder enfermé comme une souris blanche dans sa cage?

– Il va se mettre encore en colère...

– Mais non, pas du tout, si tu m'aides.

– Je suis prête à t'aider, tu le sais!

Julius avait pendu la clé à son clou et remis la chaise à sa place.

– Es-tu capable de m'enfermer à nouveau si je viens te réveiller?

– Naturellement! Fais attention : quand tu sortiras du palais, des sentinelles te verront...

– Personne ne me verra là où je passerai!

Ilona comprit qu'il avait un secret et se mit à supplier son frère.

– Je ne te trahirai pas!

Finalement Julius la prit par la main et par un petit escalier, la conduisit jusqu'au sous-sol. Ils se trouvaient dans une partie très ancienne du bâtiment, aux murs massifs et au sol inégal.

Julius avait découvert un souterrain, creusé depuis des siècles peut-être, et qui donnait derrière la citadelle.

Il n'avait pas emmené Ilona au-dehors la première nuit, mais après qu'elle lui eut rendu plusieurs fois service, il consentit à lui montrer la sortie. Elle avait pu constater que le passage était fort bien dissimulé sous des rochers et des buissons.

– C'est notre secret, avait décidé Julius. Tu n'en parleras jamais! Sinon, papa me couperait la tête!

– Compte sur moi, avait-elle répondu avec une admiration fanatique.

Elle n'avait soufflé mot du souterrain à personne, pas même à sa mère.

A présent, Ilona expliquait au prince où se situait

l'entrée du passage et comment on pouvait se glisser dans le palais à l'insu des sentinelles.

— On ne fait pas de rondes au sous-sol, expliqua-t-elle. Et les celliers sont déserts.

Les yeux fixés sur Anton, elle ne s'adressait qu'à lui.

Un profond silence tomba sur l'assemblée. Chacun réfléchissait. Puis le prince leva la main d'Ilona jusqu'à ses lèvres et lui dit d'une voix calme :

— Je vous remercie de cette information.

— Cela change tout, Votre Altesse! s'écria un jeune aide de camp.

— Je viendrai avec vous, dit la princesse. J'insiste!

Son mari secoua la tête.

— Il n'en est pas question.

— Vous ne trouverez pas le souterrain sans mon aide.

Le voyant prêt à céder, Ilona reprit :

— Vous ne pouvez pas vous permettre de perdre du temps. Il faut agir cette nuit.

— Oui, nous devons pénétrer dans le palais ce soir même, Votre Altesse, intervint l'un des officiers.

— Il n'y a pas de clair de lune en ce moment. Il faut donc que je vous montre le chemin, conclut Ilona.

La bouche du prince se crispa, comme s'il allait de nouveau la contredire. Puis il changea d'avis, consulta sa montre et se tourna vers son cousin.

— Colonel, nous partirons d'ici au coucher du soleil, c'est-à-dire dans deux heures. Que chacun soit prêt!

Ilona prit congé et gagna la porte. Des applaudissements spontanés saluèrent son départ. Avec un sourire elle s'éclipsa.

6

Ilona remonta chez elle et fut reçue fraîchement par Magda.

– Mademoiselle! Comment avez-vous pu descendre habillée de cette façon? Qu'est-ce que le prince a dû penser en voyant vos cheveux ébouriffés?

Ilona faillit répondre que son mari se moquait bien de ses cheveux et que d'ailleurs il préférait les boucles noires tombant jusqu'à la taille.

Au lieu de cela, elle prit sur elle pour dire :

– Magda, je dois me mettre en amazone. Vite, et surtout pas la blanche!

– Comment? Que voilà une nouvelle idée! Monter à cheval à cette heure? Après ce qui vous est arrivé ce matin?

– Je me sens parfaitement bien. J'ai eu le temps de me reposer.

Négligeant les protestations de la vieille servante, elle alla choisir une amazone dans la garde-robe; elle trouva un vêtement assez chaud dans un drap bleu saphir qui ne se verrait pas trop dans l'obscurité.

Tout en grommelant, Magda la boutonna dans le dos et lui tira les cheveux en arrière pour les nouer en un chignon serré sur la nuque.

– Oh, Magda, j'ai une idée! Avez-vous mis dans

120

mes bagages le manteau que je portais à l'institution des religieuses?

– Cette vieille chose? Je voulais la jeter ou la donner à une pauvresse, mais ici les mendiants sont mieux habillés que nous ne l'étions pendant le siège!

– Apportez-le-moi, Magda.

Celle-ci se récria mais la princesse lui expliqua que pour une chevauchée de nuit, un capuchon de lainage serait préférable à un chapeau, et beaucoup plus chaud. Une fois le soleil couché, les vents apporteraient la fraîcheur des cimes enneigées jusque dans la vallée.

Tout en se préparant, Ilona réfléchissait au meilleur chemin d'aborder le palais sans être vus : mais il fallait faire un très long détour.

Les Russes avaient certainement posté des sentinelles sur les murailles de la forteresse du côté de Vitozi. Même sans clair de lune, une petite troupe approchant par la route habituelle serait immédiatement repérée.

Le prince et ses officiers avaient certainement songé à ce problème. Toutefois elle se sentait responsable de l'expédition : elle voulait avoir réponse à tout.

La conduite de son père l'affligeait profondément.

« Il a donc oublié toute notion de patriotisme, pour faire appel aux Russes... »

Hélas, quand le roi se trouvait sous l'emprise d'une de ses colères, nul ne savait jusqu'où il pouvait aller...

Prêt à tout pour se venger des Saros, et en particulier du prince Anton, il avait eu recours à la trahison. Ses ministres l'avaient obligé à donner sa fille en mariage à son pire ennemi : en contrepartie, les Russes lui avaient semblé un moindre mal.

Voyant ses plans de guerre civile au Doubrozkha réduits à néant par les noces princières, le tsar avait certainement dépêché au roi un messager secret qui avait réussi au delà de ses plus folles espérances !

Car Ilona ne mettait pas en doute la présence de canons russes au palais. On n'inventait pas une chose pareille. Son père avait agi en traître, et elle devait tout faire pour racheter cette vilenie.

Il fallait gagner l'ennemi de vitesse.

Les cols qui permettaient de passer de Russie en Doubrozkha étaient peu nombreux et difficiles d'accès : les hommes, les canons et les munitions ne pouvaient arriver que par effectifs réduits.

« Ils ne sont pas encore très nombreux au palais, réfléchissait Ilona. Ils ont été obligés de se cacher; cela signifie qu'ils sont venus de nuit. Mais des renforts ne tarderont pas à les rejoindre. Notre parti doit se rendre maître de la forteresse dès maintenant ! »

Quand sonna l'heure du départ, Ilona fit ses adieux à une Magda tout en larmes et courut jusqu'au vestibule qu'elle trouva bourdonnant d'activité.

Les officiers repliaient leurs cartes et donnaient des ordres à leurs hommes, pendant qu'au bas du perron des chevaux hennissaient d'impatience auprès de mulets chargés de canons légers démontables.

Ilona regarda autour d'elle, cherchant un visage familier. Elle aperçut le comte Dusza, qui s'approcha :

122

– On m'a mis dans la confidence, Altesse. Croyez-vous que le souterrain soit toujours praticable?

– Il ne s'est pas écroulé depuis des siècles qu'il est construit. Je ne pense pas que quelques années de plus lui aient causé grand dommage!

– Bien sûr. Vous avez raison. Je me fais peut-être du souci, Votre Altesse, mais j'essaie de tout prévoir. Des pelles et des pioches seraient peut-être nécessaires?

– Le passage que mon frère m'a montré paraissait facile d'accès... (Puis, après un moment de réflexion :) Je le trouvais même très haut, puisque mon frère s'y tenait debout. Il était à peu près de la taille de mon mari.

– Et pour la largeur?

– Nous y marchions à deux de front!

– Merci, Princesse!

Le comte semblait rassuré; il alla transmettre ces informations aux officiers.

Le prince arriva cinq minutes plus tard par le perron, donnant ses dernières instructions à un aide de camp. Apercevant Ilona, il s'approcha.

Bien droite dans son amazone bleue, son manteau plié sur un bras, elle essayait de cacher la joie qui montait en son cœur.

– Etes-vous remise de vos émotions de la matinée? demanda-t-il.

– Pour rien au monde je ne vous laisserais partir sans moi!

– Il fait déjà froid.

– J'ai un bon manteau.

– Vous pensez à tout!

C'était un échange de phrases sans importance, mais qui recouvrait quelque chose de beaucoup plus profond. Ilona leva les yeux pour rencontrer le regard du prince, mais un officier s'approcha, réclamant toute l'attention de son chef.

Il faisait déjà sombre quand la troupe de cavaliers quitta le château. Quelqu'un expliqua à Ilona que le gros de l'armée de Saros était parti voilà plus d'une heure pour intercepter les renforts venant de Russie par les passes de la montagne. Ils avaient un long chemin à parcourir, car ils devaient contourner Vitozi et le palais par de petites routes.

Les compagnons du prince étaient tout au plus une trentaine, choisis parmi les plus fidèles et les plus courageux. Ils investiraient le palais royal grâce au souterrain.

Quand Ilona connut le plan des opérations, elle frémit pour le prince car elle comprit qu'il courrait de grands dangers. Peut-être mourrait-il dans cette entreprise téméraire pour sauver le Doubrozkha...

Des événements de cette nuit dépendait le sort du pays. Si les Russes s'installaient en force dans la citadelle, il deviendrait impossible de les en déloger. Ni l'Autriche ni la Roumanie n'oseraient s'attaquer à la puissante Russie pour un enjeu aussi minime que l'indépendance d'une enclave balkanique...

Si les Doubrozkhans avaient été unis, ils auraient pu tenir tête à l'envahisseur! Mais la guerre civile les avait déchirés. Et le roi...

Quelle humiliation pour Ilona de penser que c'était son père, un Radak, le guide du peuple, qui portait l'abominable responsabilité de cette félonie!

Après avoir édicté des lois iniques, il s'était abaissé jusqu'à justifier pleinement la haine que lui portaient les Saros.

Le monarque avait toujours soutenu que son fils

était mort de la main d'Anton. Il avait lancé cette accusation à la tête du prince, et celui-ci n'avait pas nié. Ilona aurait voulu qu'au moins il donnât ses raisons, mais il s'était cantonné dans le silence, un silence impénétrable et glacial qui se prolongeait même quand ils étaient seuls.

Or, elle avait appris la vérité du comte Dusza.

C'était le troisième jour après son mariage. Le comte était venu dans son petit salon pour lui parler des invités de la soirée.

– J'aimerais vous poser une question, annonça Ilona.

– Je suis à vos ordres, Altesse.

– Pourriez-vous me raconter comment mon frère a trouvé la mort?

Le comte resta silencieux, mais Ilona insista :

– Je vous en prie... Le roi, mon père, accuse les Saros de l'avoir tué de sang-froid. Il dit que le prince est l'assassin.

– C'est un mensonge!

– Ah! J'en étais sûre! Dites-moi ce qui s'est passé.

– Cela vous causera de la peine...

– Il n'y a rien de pire que de demeurer dans l'ignorance, à échafauder toutes sortes de suppositions!

Le comte inclina la tête en signe d'assentiment.

– Je vous comprends. L'imagination est souvent plus atroce que la réalité.

– Comment est mort Julius? répéta Ilona.

– Un certain nombre de jeunes gens, des amis du prince, avaient pris l'habitude de faire irruption dans des auberges fréquentées par le parti Saros et de molester les consommateurs...

Ilona devint toute pâle. Elle voyait parfaitement

son frère, enchanté de fuir le sombre palais, s'amuser lors de telles escapades.

– La plupart du temps, cela ne tirait point à conséquence, car les dégâts matériels étaient minimes. Quelques bouteilles cassées que le prince remboursait largement au propriétaire.

Ilona écoutait le comte sans mot dire. Celui-ci continua :

– Mais les jeunes gens de Saros ne pouvaient pas rester sans réagir. Bientôt ils s'organisèrent en bande rivale et attaquèrent les Radak chaque fois qu'ils apparaissaient.

Le comte Dusza baissa la voix :

– Les choses se gâtèrent. Plusieurs partisans des Saros furent blessés. Un jour, l'un d'eux fut tué.

– Ils portaient des armes?

– Des poignards et des pistolets! En fait, ces rencontres étaient devenues de véritables concours de tir et c'étaient d'innocents citoyens en train de boire un coup après une journée de labeur qui en faisaient les frais.

Ilona joignit les mains. Elle comprenait comment ce genre de rivalité pouvait aboutir à un état de guerre. Le comte poursuivit :

– Votre frère a été tué dans une auberge de campagne non loin du fleuve, où il n'y avait jamais eu d'altercation jusqu'à ce soir-là. Elle accueillait surtout des couples de paysans qui venaient boire sous les tonnelles en échangeant des baisers. On a relevé trois morts chez les gens du pays, quatre chez les Radak et six parmi les Saros...

La princesse poussa un cri d'horreur.

– On ne découvrit l'identité de votre frère que le matin suivant, quand les corps furent portés jusqu'à l'église voisine afin que les familles les réclament.

126

On pouvait trouver des excuses à la conduite et à la mort de Julius. Restait le fait qu'il avait causé beaucoup de mal en élargissant le fossé entre Radak et Saros.

– Merci pour ces révélations, dit la princesse au comte, et ils revinrent à la question des invités du jour.

Tandis qu'elle descendait dans le creux de la vallée par des routes enténébrées, Ilona songeait que Julius avait au moins servi son pays, le jour où il lui avait montré le passage secret.

– Comment connais-tu ce souterrain? lui avait-elle demandé.

– Te souviens-tu de Giska?

– Bien sûr!

Giska était devenu le valet de Julius quand celui-ci fut jugé trop âgé pour rester sous l'autorité d'une nounou.

C'était un vieil homme qui avait commencé son service du temps du père de Sa Majesté. Aux yeux d'Ilona, il était plus ancien que Mathusalem!

Les années l'avaient ratatiné jusqu'à le faire ressembler à un gnome. Il adorait son jeune maître et le suivait partout, ne cherchant qu'à lui faire plaisir.

– Giska tenait le secret de notre grand-père! avait précisé Julius. Ce dernier avait décidé d'explorer le passage pour juger de son état et il avait emmené Giska pour tenir la lanterne.

– Alors, il t'a tout dit?

– Il m'a montré le chemin, un certain jour où je voulais pêcher malgré l'interdiction de notre père...

Ces paroles étaient restées gravées dans la

127

mémoire d'Ilona. Infortuné Julius! Il avait gâché sa vie.

Le prince Anton fit traverser le fleuve à son escorte en un endroit où il était presque à sec. La petite troupe se trouvait maintenant sur le terrain des Radak et Ilona se sentit mal à l'aise.

« Supposons que le roi se doute de quelque chose... Peut-être a-t-il prévu que les Saros chercheraient à barrer le chemin aux Russes? »

Dans les ténèbres, un guet-apens pouvait être tendu à n'importe quel endroit. Si les Doubrozkhans en venaient à se massacrer entre eux, quelle aubaine pour le tsar!

Les bois semblaient tranquilles. On ne percevait que le son étouffé des sabots sur les aiguilles de pins, le tintement des harnais, et le souffle des chevaux.

Avant de partir, le prince avait recommandé :

– Agissons dans le plus profond silence. Les voix portent la nuit. Aussi ne parlez qu'en cas de nécessité absolue.

Les hommes, armés de fusils et de pistolets, portaient un manteau bleu foncé sur leur uniforme. Le prince leur avait demandé d'ôter leurs éperons. Tous les Doubrozkhans étaient des cavaliers-nés et leurs éperons servaient surtout de décoration.

Le fleuve franchi, un long chemin restait à parcourir, au pied des collines couvertes de taillis et de rocs éboulés, avant d'atteindre l'arrière de la forteresse.

Impossible de traverser rapidement des terrains si peu praticables, surtout de nuit! Chaque faux pas pouvait entraîner une foulure ou même une chute pour les chevaux. Car les mulets, pour leur part, étaient accoutumés à ce genre de route.

128

Ils étaient partis depuis deux heures environ, quand le prince ralentit pour se mettre à la hauteur d'Ilona.

Celle-ci avait eu le temps de s'habituer à la faible lueur tombant des étoiles. Elle pouvait distinguer les traits du prince, mais ses yeux restaient dans l'ombre et elle ne parvenait pas à deviner leur expression.

Quand il posa la main sur son bras, elle frémit tout entière.

– Pas fatiguée?

Il parlait à voix très basse et, plutôt que de briser le silence, Ilona préféra incliner la tête en souriant. Elle était si heureuse! Il ne l'avait pas oubliée. Il avait même pris la peine de s'enquérir d'elle.

Mais en y réfléchissant, sa présence était utile dans cette expédition, et Anton ne pouvait se permettre de laisser son guide s'évanouir d'épuisement...

Le prince retira sa main. Que ne pouvait-elle s'accrocher à lui pour lui demander de la prendre sur son cheval, comme il l'avait fait le matin même! Elle se rappelait son trouble et un frisson parcourut de nouveau tout son être.

L'étreinte d'Anton était si merveilleusement rassurante! Elle avait posé la tête contre son épaule et senti sur sa joue le contact un peu rêche de sa tunique militaire...

« Que je l'aime! songeait-elle. Cela m'est égal de mourir avec lui ce soir, puisque nous serons l'un près de l'autre! »

Elle ne craignait plus les canons. Elle n'avait plus cette peur atroce des bombardements comme au temps du siège de Paris.

La reine ne voulait pas se mettre à l'abri dans la

129

cave. Elle s'asseyait dans le salon et interdisait à Ilona de crier ou de sursauter chaque fois que le fracas d'une explosion déchirait leurs oreilles.

Plus tard, Magda l'emmenait voir les dommages causés par les obus prussiens : des immeubles entiers montraient leurs entrailles, leurs cages d'escalier béantes, leurs appartements éventrés au papier encore intact...

Et puis l'alerte recommençait et les Parisiens couraient s'abriter n'importe où en poussant des cris de terreur. Or, la reine demeurait parfaitement calme, bien droite dans son fauteuil. Sa main qui tenait l'aiguille à tapisserie ne tremblait pas.

Ilona, quant à elle, comptait les secondes qui séparaient la détonation des canons et la chute des bombes. Chaque fois, cela durait une éternité...

« Celle-ci sera-t-elle pour nous ? » se demandait-elle, l'oreille tendue, le cœur battant.

Elle éprouvait maintenant le même sentiment de crainte impuissante, mais beaucoup moins fort, car la présence du prince contribuait à la rassurer.

« Il est si beau, si fier et si noble ! Rien d'étonnant à ce que ses hommes l'adorent ! »

Le prince Anton reprit sa place en tête de la petite troupe, montrant le chemin et choisissant de préférence l'abri des bosquets.

La capitale fut contournée. Bientôt la silhouette du palais se découpa sur le ciel étoilé : ses épaisses murailles et ses tours lui donnaient un aspect redoutable.

« Combien de Russes renfermait la citadelle ? se demandait Ilona. Avaient-ils eu le temps d'installer leurs canons ? »

Les informations faisaient état d'une avant-garde peu nombreuse. Ces renseignements venaient sans doute des Bohémiens. Le roi les avait dressés contre lui par ses lois cruelles, et ceux-ci n'avaient été que trop heureux de jeter le discrédit sur le monarque en révélant sa trahison...

Ces gens savaient se déplacer sans être vus. Ils avaient tant souffert au cours des siècles passés qu'ils avaient appris à se rendre invisibles dans les bois et les montagnes.

Ils avaient donc averti le prince de l'arrivée des Russes. Leur porte-parole devait être la séduisante Mavra !

Plein de gratitude, Anton avait sûrement voulu remercier le peuple des Gitans. Et en particulier leur messagère...

Ilona se torturait à en crier. Mais ce n'était pas le moment de succomber à la jalousie, et elle devait retrouver son sang-froid.

« L'important est l'heure présente. Il faut réussir cette mission, sans pertes humaines ! »

On se trouvait à une demi-lieue du palais. Le prince arrêta sa monture et leva le bras : tous les hommes mirent pied à terre, dans le plus grand silence.

Quelques-uns restèrent près des chevaux et leur donnèrent à manger pendant que les autres se rassemblaient un peu plus loin autour de leur chef. Un officier vint prêter assistance à Ilona pour descendre de selle et elle rejoignit le petit groupe.

Le prince donnait à chacun des instructions. Il se tourna vers Ilona.

– Vous nous montrerez l'entrée du souterrain, puis vous reviendrez ici en compagnie du capitaine Sandor, que voici, murmura-t-il.

Ilona protesta :

– Certainement pas !

131

– Le capitaine a déjà reçu ses ordres, et je vous prie d'obéir. Je ne veux pas que votre vie soit exposée.

Cette conversation avait eu lieu à voix très basse, mais les soldats les plus proches en avaient sans doute saisi le sens. La jeune fille ne voulait pas s'attarder en disputes stériles, aussi s'efforça-t-elle de ne rien répondre.

– Partons-nous? demanda-t-elle d'un air conciliant.

– Guidez-moi, répondit le prince.

Il prit sa main et, comme deux enfants partant pour une promenade, ils s'avancèrent entre les buissons.

Ilona frémissait au contact de la main puissante. Elle avait retiré ses gants pour rabattre son capuchon sur ses épaules, et avait ensuite oublié de les remettre. Ses doigts étaient glacés, alors que ceux du prince lui paraissaient brûlants. S'il pouvait éprouver un peu de chaleur pour elle! Cette aventure qu'ils vivaient ensemble aurait pu être tellement belle, si l'amour les avait unis! Plus tard ils auraient raconté ces péripéties à leurs enfants...

Mais ils n'auraient pas d'enfants. Une fois cette nuit achevée, le prince retournerait à ses maîtresses, tandis qu'elle-même retournerait à sa solitude!

Le groupe pénétra sous les arbres qui ombrageaient les pentes menant au palais. L'endroit semblait hostile et inconnu. Ilona s'affola soudain : et si elle ne trouvait pas l'entrée! Elle n'avait que dix ans lors de son dernier passage. Huit années s'étaient écoulées depuis. Tout lui paraissait différent.

Avec Julius, la découverte du souterrain était une sorte de jeu, sans grande importance. Ensuite, elle n'y avait plus pensé. Pouvait-elle maintenant se fier à ses souvenirs?

Le prince parut deviner son désarroi, car il lui serra la main comme pour la rassurer.

– Ne vous pressez pas, souffla-t-il. Nous avons tout notre temps. La végétation a poussé depuis et cela vous déconcerte.

A ces mots, l'inquiétude d'Ilona se dissipa : elle fut soudain certaine de localiser le passage sur la gauche, là où les rochers étaient recouverts d'un lierre épais.

Elle s'approcha seule, se pencha, souleva ici et là le feuillage sombre, jusqu'au moment où apparurent les barreaux d'une grille assez délabrée.

Il ne fut pas difficile aux soldats qui veillaient à proximité de l'enlever : un boyau apparut, qui allait en s'élargissant et débouchait dans une grotte aux dimensions impressionnantes.

Les hommes se glissèrent l'un après l'autre à la suite d'Ilona et du prince. On alluma des lanternes. On explora. A l'autre extrémité de la caverne s'amorçaient les degrés d'un escalier qui conduisait à la forteresse.

Ilona se rappela que les marches étaient séparées de temps en temps par des couloirs en pente douce. Une porte, ouvrant sur un cellier abandonné, fermait le dernier couloir.

Depuis longtemps, les caves du palais ne servaient plus d'oubliettes ni de resserre; on les trouvait beaucoup trop éloignées des cuisines et on entreposait à l'étage au-dessus le vin et les denrées à conserver.

Il fallut attendre que tous fussent entrés dans la grotte, avec les canons démontables, pour entreprendre l'ascension du souterrain.

Le prince saisit les mains d'Ilona et les pressa entre les siennes.

– Merci! A présent, rentrez au château avec le capitaine.

Comme Ilona ne disait rien, le prince la regarda. Son visage était à contre-jour.

Enfin, il sortit son pistolet de sa ceinture et se dirigea vers l'escalier. Les hommes partirent à sa suite, chargés des pièces d'artillerie.

Certains portaient les lampes et bientôt il ne resta plus dans la caverne que la faible lueur qui provenait de l'extérieur.

– Nous devons partir, Votre Altesse, murmura le capitaine.

– J'ai laissé tomber quelque chose et je n'y vois rien. Ne pourriez-vous faire de la lumière?

– Je crois qu'il reste une lanterne...

– Ayez la bonté de l'allumer.

La princesse attendit patiemment que le capitaine Sandor eût craqué une allumette, découvert la lampe et réglé la flamme.

– Je vous remercie! Veuillez la tenir bien haut devant moi, dans les escaliers.

– Comment, madame? N'avez-vous pas entendu les instructions du prince?

– Je ne retournerai pas au château, annonça Ilona avec fermeté.

– Mais vous ne pouvez pas rester ici! Les Russes vont riposter! Il y aura des coups de feu et vous risquez d'être blessée!

– Je suis consciente du danger, capitaine Sandor. Je n'entrerai dans le palais que si je m'y trouve en sécurité. Mais je ne quitterai pas cet endroit sans le prince, sachez-le..., répéta Ilona.

Le capitaine semblait fort ennuyé. C'était un

134

homme assez jeune et assez timide, qui avait accompagné le prince pendant son voyage de ville en ville, et qui avait regardé la nouvelle princesse avec une admiration évidente.

Maintenant, malgré son embarras, il ne pouvait s'empêcher d'être fasciné par la magnifique chevelure qui étincelait à la lueur de la flamme.

– Allons, capitaine, reprit-elle d'un air amusé, vous n'allez pas me forcer à revenir au château sous la menace de votre pistolet! A présent que j'ai trouvé l'entrée du souterrain, je n'ai nullement l'intention de me faire convoyer à la maison comme un témoin inutile!

– Je risque la cour martiale pour désobéissance aux ordres, Votre Altesse! plaida le capitaine.

– Rien de ce genre! Vous serez décoré pour avoir déployé un courage admirable devant l'ennemi!

Le capitaine protesta :

– Vous êtes intrépide, Princesse! Mais vous ne devez pas prendre de risques!

Ilona se mit à rire.

– Je vous autorise à tout mettre en œuvre pour me protéger. Allez! Assez discuté! Montons et voyons un peu ce qui se passe là-haut!

Chemin faisant, Ilona put constater qu'elle avait eu raison de rassurer le comte Dusza sur l'état du passage secret : certes, il sentait le renfermé, il était sale et tapissé de toiles d'araignées, mais en aucun endroit la maçonnerie n'avait cédé.

Ainsi atteignirent-ils sans difficulté la porte donnant dans les soubassements du palais.

Le capitaine, qui ouvrait la marche, fit halte.

– Nous n'irons pas plus loin, Votre Altesse!

– Je propose que vous partiez en reconnaissance :

regardez autour de vous et, si tout est calme, revenez me chercher.

– Dans ce cas, je vous laisse la lanterne.

– Pas du tout! Emportez-la, sinon vous ne trouverez pas votre chemin. Je vous attendrai dans l'obscurité. Je n'ai pas peur du noir.

– Vraiment, Votre Altesse? Je ne devrais pas vous abandonner ainsi...

– Je vous l'ordonne! Sans cela, nous resterons ici indéfiniment : le prince s'en ira par la grande porte et personne ne se souciera de nous!

– Cela m'étonnerait fort!

– Partez, capitaine, et revenez m'apprendre les nouvelles.

Ilona brûlait de connaître le déroulement des opérations. Elle avait été affreusement déçue de ne pouvoir accompagner le prince à l'intérieur de la forteresse.

Le capitaine Sandor s'éloigna le long des caves en enfilade et, quand la lumière eut disparu, Ilona s'installa du mieux qu'elle put sur le sol inconfortable.

Des ténèbres implacablement noires la cernaient. On n'entendait plus un bruit. Mais elle pouvait être sûre d'une chose : nulle bataille n'avait lieu actuellement. Malgré l'épaisseur des murailles et la profondeur du soubassement, elle aurait perçu les détonations des pistolets et, à plus forte raison, celles des canons.

Or, aucune bombe n'était tombée sur Vitozi, elle aurait pu le jurer. Toutefois, les poignards et les épées frappaient en silence. Ilona craignait pour la vie du prince et guettait le moindre bruit.

Elle crut entendre enfin des pas sur les dalles de

pierre. Puis une lueur diffuse devint de plus en plus éclatante. Le capitaine était de retour!

— Tout va bien, Votre Altesse?

Le jeune homme ne parlait plus à voix basse. Il criait dans son excitation :

— Notre parti a pris les Russes par surprise! Ils dormaient, Madame, si incroyable que cela paraisse! Quelques sentinelles veillaient du côté de la ville, et tournaient le dos à nos hommes. Pas un coup de feu n'a été tiré!

La peur qui enserrait la poitrine d'Ilona comme dans un étau se calma un peu.

— Et le prince?...

— Il est parti rejoindre les troupes qui veillent dans la montagne. Il a emmené avec son détachement les Russes capturés dans la citadelle. Il ne veut pas les garder en Doubrozkha, mais les renvoyer chez eux.

— Le roi, mon père...

— Aucune trace de Sa Majesté.

— Qui reste-t-il au palais?

— Rien que la domesticité, Votre Altesse. J'ai annoncé votre arrivée et demandé qu'on vous prépare une chambre. Il faut que vous dormiez, en attendant le retour de notre armée.

— Merci, capitaine.

Le jeune homme éclaira la princesse le long des couloirs glacés jusqu'à la partie habitable du palais. Il y avait encore une certaine distance à parcourir avant de regagner ses anciens appartements.

Des servantes s'y trouvaient. Elles s'étaient habillées en hâte et firent un accueil empressé à la fille de leur roi.

Le capitaine se tenait à la porte, un peu gêné. Ilona se tourna vers lui.

137

– Maintenant que vous avez rempli votre devoir, c'est-à-dire me conduire en lieu sûr, ne désirez-vous pas rejoindre vos camarades, là-bas, dans la montagne?

Un éclair passa dans les yeux de l'officier.

– Certes, Votre Altesse!

– Ils ne doivent pas être encore bien loin. Si vous vous hâtez, vous les rattraperez. Ne vous souciez plus de moi, je suis en sécurité ici.

– Le prince a laissé des gardes sur le chemin de ronde et à la porte d'entrée.

Ilona eut un petit rire.

– Et pourtant personne ne m'a vue arriver!

– Les Russes ont cru que nous tombions du ciel! C'est grâce à vous, Altesse, et nous ne l'oublierons jamais!

– Avez-vous dit au prince que je suis restée ici?

Le capitaine rougit légèrement.

– Il était très occupé... J'ai pensé qu'il valait mieux ne pas le déranger. Il partait, quand je suis venu aux nouvelles.

– Vous avez eu tout à fait raison, capitaine. Cela n'aurait fait que l'inquiéter. Quand tout sera redevenu normal, vous pourrez lui annoncer ma présence au palais. Je vais me coucher, selon vos conseils. Bonsoir, capitaine!

Le jeune homme se mit au garde-à-vous.

– Bonsoir, Votre Altesse. Et avec mes compliments pour votre courage!

– Merci.

L'intendante et plusieurs femmes de chambre veillèrent au confort de la princesse. Elles l'aidèrent à se dévêtir en parlant toutes à la fois. Elles avaient eu très peur quand les Russes étaient arrivés: c'étaient des gens inquiétants!

— Et quel appétit, Votre Altesse! Vous ne croirez jamais ce qu'ils ont pu engloutir! S'ils étaient restés un peu plus longtemps, ils auraient avalé le palais et nous avec!

— Ils sont partis pour de bon, assura la princesse en riant.

— Et le roi?

Ilona ne répondit rien. Elle se posait la même question. Qu'était devenu son père? Avait-il fui en Russie? De là, tenterait-il de reconquérir son pays? Pousserait-il le tsar à envahir le Doubrozkha pour y rétablir l'ordre?

C'était une perspective bien angoissante. Ilona se sentit soudain très lasse.

La femme de charge lui avait trouvé une chemise de nuit. Elle lui souhaita le bonsoir :

— Dormez bien, Votre Altesse Royale, et ne vous préoccupez pas de ce que vous porterez demain : des toilettes neuves sont arrivées de France. Vous aviez commandé ces robes qui ont été enfin livrées.

— En effet... je les avais oubliées.

— Sa Majesté nous avait interdit de les faire parvenir au château. Je les ai suspendues dans cette armoire.

— Merci beaucoup, murmura Ilona.

Ses paupières se fermaient déjà. Sa tête retomba sur l'oreiller. Tant de choses s'étaient passées au cours de cette journée!

Il y avait eu l'agression des Sandjaks, son sauvetage par le prince, l'annonce de la présence des canons russes au palais...

La nuit précédente, elle avait mal dormi, la jalousie l'avait fait s'agiter sans répit, en proie à mille émotions contradictoires...

139

« Je ne veux plus penser à Mavra! » se dit-elle.

Délibérément, elle fixa son attention sur le moment de la matinée où le prince l'avait portée jusqu'à sa chambre, au château. Ce moment où elle avait entendu son cœur battre contre son oreille.

Elle se sentait encore dans ses bras.

« Je l'aime, de tout mon être, jamais... »

Quand le sommeil l'emporta, elle souriait.

7

Quelqu'un tira les rideaux. Un rayon de soleil tomba sur le lit. Avec peine, Ilona ouvrit les yeux; elle se sentait encore engourdie, et puis elle se souvint...

L'intendante apportait un plateau chargé de bonnes choses.

— Quelle heure est-il, madame Ducek?

— Bientôt midi, Votre Altesse. Nous vous avons laissée dormir, car vous étiez bien fatiguée hier.

— Quelles sont les nouvelles?

— Très bonnes, Votre Altesse Royale! Nous célébrons la victoire!

— Oh! Il y a eu des combats?

— Peu de chose, en vérité. Les Russes ont été forcés de rentrer chez eux. Le prince Anton est sain et sauf. Il est revenu au palais à l'aube et il a pris un peu de repos. Je crois qu'en ce moment il passe les troupes en revue.

Il y eut un silence, puis Ilona s'enquit d'un air détaché :

— A-t-il demandé de mes nouvelles?

— Non, Votre Altesse Royale.

La conversation s'arrêta là. Ilona s'absorba dans son petit déjeuner, fit sa toilette et s'habilla.

Ainsi, c'était cela, ses relations avec son mari :

141

quand il n'avait plus besoin d'elle, il ne lui accordait plus une pensée!

La nuit dernière, elle avait cru discerner dans sa voix un certain intérêt, comme si tout de même elle était un être humain et non une créature méprisable. Lorsqu'il lui avait pris la main pour gagner le pied de la citadelle, il ne semblait plus si froid, ni si distant...

Mais elle s'était trompée!

Maintenant que l'aventure était finie, tout redevenait comme avant.

Plongée dans de mélancoliques pensées, elle ne jeta même pas un regard à la robe qu'on choisissait pour elle, l'une de celles qui étaient arrivées de France. Une ravissante robe bleu pâle, décorée de guipure. Il n'y eut que la femme de chambre pour l'admirer.

Une fois prête, Ilona s'engagea dans le corridor menant à l'escalier d'honneur. En bas, dans le vestibule, quelques officiers en uniforme Saros conversaient par petits groupes. Au-dehors, visibles par la porte grande ouverte, évoluaient des troupes en exercice.

Ilona se pencha, désireuse d'apercevoir la silhouette du prince qui devait passer les soldats en revue.

Soudain, elle tressaillit : une masse bruyante et colorée montait vers le palais. C'étaient des Bohémiens!

On ne pouvait s'y tromper : jupes rouges et superposées, foulards de soie autour des oreilles, bijoux d'or brillant au soleil. Et, surtout, la haute stature de l'homme qui marchait devant, le chef de la tribu...

Etouffant un cri, la princesse leur tourna le dos et

se précipita dans le corridor. Elle ressentait au cœur la même souffrance que cet autre soir, quand le prince dansait avec Mavra.

La belle Gitane n'avait pas perdu de temps!

« Sans doute mon mari lui a-t-il envoyé un message... », pensa Ilona.

Bien sûr le prince réclamait sa maîtresse en cet instant de triomphe. Quel besoin de s'encombrer d'une épouse!

Ilona fuyait sans réfléchir où la portaient ses pas. Elle ne désirait qu'une chose : ne plus voir les Bohémiens!

Elle ne se rappelait que trop bien le ravissant visage de la danseuse, ses yeux un peu obliques, sa bouche pourpre comme une fleur...

Tout à coup Ilona s'aperçut qu'elle se trouvait devant l'ancienne chambre de Julius. N'était-ce pas normal d'accorder une pensée à celui qui, finalement, avait sauvé le Doubrozkha?

Si Julius n'avait pas bravé l'interdiction du roi et pris sa petite sœur pour confidente, eh bien, en ce moment même, les Russes seraient en train de bombarder Vitozi.

Comme Julius aurait aimé attaquer l'ennemi par surprise! Mais peut-être n'aurait-il pas conduit l'opération avec la maîtrise du prince, qui avait libéré la forteresse sans que fût versée une goutte de sang.

Juste à côté de la chambre de Julius s'ouvrait la pièce où elle-même couchait avant son départ pour l'exil, voici huit ans. Tout était demeuré dans le même état.

Le fauteuil était toujours près du poêle où sa mère s'asseyait pour lui raconter des légendes et des contes de fées. Il y avait aussi le vieux cheval de bois, hérité de Julius; ce cheval qu'elle aimait et qu'elle avait délaissé quand la reine lui avait offert un poney. Cependant, elle n'avait pas voulu qu'on relègue au grenier sa première monture, et on avait simplement poussé le jouet encombrant derrière la maison de poupées.

Celle-ci était d'une construction fort soignée, car les citoyens de Vitozi l'avaient exécutée pour leur jeune princesse avec un grand luxe de détails. Les meubles étaient finement sculptés. En s'approchant, Ilona découvrit que plusieurs poupées s'y trouvaient encore.

Assise par terre, elle aperçut dans le salon miniature celle qu'elle préférait entre toutes, une poupée blonde aux yeux bleus que la reine avait parée d'un véritable trousseau : les robes et les manteaux de soie étaient soigneusement pliés dans les tiroirs de la commode, tandis que les chapeaux de paille et les toques de velours étaient rangés sur des présentoirs de bois.

S'emparant de la poupée, Ilona poussa un cri : la jolie figure de porcelaine était fendue! Une longue fissure lézardait la joue gauche et le nez dont l'extrémité manquait.

C'était là un spectacle pitoyable, comme si quelque chose se brisait en elle. C'était comme si ce visage défiguré reflétait sa propre vie, également réduite en miettes.

Les larmes commencèrent à couler, puis ce fut un déluge de pleurs. Toute la tristesse, tout le désespoir qu'elle avait accumulés depuis le jour de son mariage se donnèrent libre cours dans une véritable tempête de sanglots.

Couchée par terre, elle tenait la poupée serrée

144

contre son cœur. Elle perdit toute notion de temps et de lieu, submergée par son chagrin.

Elle n'entendit pas la porte s'ouvrir.

– Ilona! Je vous cherchais! s'exclama une voix.

Elle ne bougea pas. Peu lui importait d'être vue dans cet état : plus rien ne comptait! La maîtrise de soi qu'on lui avait inculquée toutes ces années n'existait plus. Il ne restait plus que sa peine.

– Mais que se passe-t-il? Pourquoi pleurez-vous ainsi?

Mais Ilona ne répondit pas. Et le prince reprit :

– On vous a fait du mal? Je n'aurais jamais cru...

Enfin la princesse reconnut la voix et fit un effort pour répondre :

– Je ne peux pas m'en empêcher! Je suis toute seule et si malheureuse! Vous me détestez. Je n'ai plus qu'à mourir!

– Je vous déteste? répéta le prince d'un air étrange.

Il se pencha et aida la jeune fille à se relever. Elle se laissait faire, trop bouleversée pour essayer de comprendre.

– Vous avez tout! lança-t-elle en sanglotant. Les Doubrozkhans vous aiment, ainsi que les Bohémiens. Moi, je n'ai personne, pas même un bébé...

– Mon absurde petite princesse!

Anton la prit dans ses bras et s'assit dans le fauteuil près du poêle.

Ilona ne put réprimer un frisson de bonheur quand elle se retrouva tout contre lui, mais des larmes coulaient encore sur ses joues.

– Quel malentendu entre nous! murmurait doucement le prince. Arrêtez de pleurer, ma chérie, je vous expliquerai tout.

Ilona releva son visage. Elle regarda son mari droit dans les yeux.

– Que venez-vous de dire? Comment m'avez-vous appelée?

– Ma chérie... C'est ainsi que je vous nomme en moi-même depuis que je vous connais.

– Non, ce n'est pas vrai!

Il se pencha vers elle et embrassa ses joues ruisselantes de larmes, ses paupières closes, le bout de son nez, puis enfin ses lèvres.

Ilona retrouva cette pression insistante qu'elle n'avait pas oubliée. Il lui sembla qu'un éclair de feu l'embrasait de la tête aux pieds.

L'ardeur qui l'avait saisie en regardant la Gitane danser avec le prince lui revint, plus brûlante encore : voilà ce qu'elle avait tant désiré, ce qui lui manquait à en crier. Ce qu'elle croyait avoir perdu à jamais...

Le prince l'embrassa longuement avec une tendresse infinie. Quand il releva la tête, il vit que les yeux d'Ilona scintillaient comme des étoiles.

– Je croyais vraiment que vous me détestiez... dit-elle d'une voix mal assurée.

– Je n'ai jamais eu de haine pour vous, mais de l'amour.

– Oh! Vous étiez si froid! Si méchant! Vous veniez dans ma chambre et vous ne me regardiez même pas!

Le prince la serra plus étroitement contre lui.

– Si je m'étais permis de jeter les yeux sur vous, je n'aurais pu rester maître de moi plus longtemps... Je serais allé vous embrasser, vous caresser, vous faire mienne. Je croyais que votre père parlait en votre nom quand il me disait que vous me méprisiez!

146

– Vous l'avez cru...

– Je vous voyais marcher si droite et si hautaine le jour de notre mariage! Comment pouvais-je imaginer que ce démon avait osé vous cravacher?

Ilona détourna le regard.

– Qui vous a révélé cela?

– Est-ce important? Je regrette, ma tendre chérie, que nous ayons eu des secrets l'un pour l'autre depuis le début.

Elle avoua :

– Et moi je pensais que vous me méprisiez pour m'être laissé embrasser dans le bois!

– Je n'ai pas pu résister! Je n'avais jamais vu une si délicieuse cavalière! Mais comme vous n'avez pas répondu à mon baiser, je me suis dit que vous étiez aussi froide et orgueilleuse qu'on me l'affirmait!

Ilona gardait le silence. Anton lui prit le menton entre deux doigts et releva son visage en demandant avec douceur :

– Est-ce que je me trompe si je dis que vous étiez seulement... sans expérience?

Une rougeur subite monta aux joues d'Ilona. Le prince lui demanda gentiment à l'oreille :

– Combien d'hommes vous ont embrassée, mon cœur?

– Vous, et c'est tout.

Il eut un cri de triomphe et sa bouche se posa à nouveau sur celle d'Ilona. Les murs de la chambre semblèrent vaciller sur eux-mêmes. Ilona se raccrocha aux épaules du prince de toutes ses forces.

– Je suis donc le premier, dit-il avec émotion. Et le dernier! J'ai un tempérament très jaloux, ma chérie. J'étranglerai ceux qui oseront porter les yeux sur vous!

– Jaloux? Mais moi...

Les mots moururent sur ses lèvres.

— J'aimerais que vous finissiez votre phrase, Ilona.

Elle enfouit son visage contre son épaule et murmura :

— Quand vous dansiez avec cette Bohémienne, Mavra... je me disais qu'elle était sûrement votre maîtresse!

— Je voulais vous rendre jalouse! Voilà pourquoi je vous ai emmenée à cette fête des Gitans. Je voulais voir si leur musique éveillait quelque chose en vous.

Il eut un petit rire tendre avant d'achever :

— Je commençais à croire que vous aviez de la glace au lieu de sang dans les veines!

Ilona se souvint de ses pensées meurtrières à l'encontre de Mavra.

— Je vous aimais tellement que je voulais tuer cette femme!

— J'aurais tant aimé le savoir!

— Vous n'êtes pas venu dans ma chambre, cette nuit-là...

— Je n'étais pas certain de me dominer. Toutefois, ma chérie, Mavra n'est pas ma maîtresse : elle est l'épouse du chef des Gitans. Celui-ci veille sur elle, vous pouvez m'en croire!

— Oh! Que je suis heureuse! Tellement heureuse! Je n'arrivais pas à dormir, en pensant à vous deux...

— Et moi, je ne dormais pas non plus, mon amour chéri. Je vous ai vue quitter la fête, j'ai pensé que vous étiez choquée par la musique et par la danse. Tous mes efforts pour faire battre plus vite votre cœur semblaient avoir échoué.

— Si j'avais pu lire dans vos pensées!

– Je me disais : « Comment peut-elle être si fière, si insensible, et en même temps si merveilleusement belle ? »

– La reine m'a enseigné à ne jamais trahir mes sentiments.

– Devant les autres, peut-être, mais plus jamais avec moi !

Le prince Anton faisait glisser ses lèvres le long du cou blanc d'Ilona, qui frémit entre ses bras.

– Cœur de mon cœur ! Mon rêve réalisé ! Laisse-moi t'apprendre à être heureuse !

Il passa la main dans les cheveux d'Ilona et découvrit une petite oreille dont il mordilla le lobe en riant.

– Est-ce que cela te fait plaisir ?

– Vous savez bien que oui...

– Comment te sens-tu, contre moi ?

Ilona ne répondit pas.

– Dis-le-moi, mon amour !

– Un peu étrange, un peu folle...

– Et encore ?

– Il me semble que des petites flammes courent le long de mon corps.

– Je les ferai grandir et devenir un brasier !

Les mains d'Anton caressaient les épaules d'Ilona, qui soupira :

– Vous m'aimez pour de bon ?

C'était la question d'un enfant qui cherche à être rassuré.

– Je vous aime au point que j'en oublie tout le reste ! Vous n'imaginerez jamais par quelles tortures je suis passé en venant soir après soir dans votre chambre ! Je voyais vos merveilleux cheveux répandus sur vos épaules et pourtant je ne devais pas vous approcher...

149

– Vous ne me regardiez même pas! dit-elle d'un ton de reproche.

– Je vous voyais avec les yeux du cœur. Vous étiez ma femme, et pourtant votre père avait élevé entre nous un mur infranchissable. Je ne voulais pas vous contraindre et je désirais en même temps sauvegarder les apparences. Il ne fallait pas qu'un scandale vous atteigne.

– Si vous aviez osé, si vous aviez voulu... Comme j'avais envie de vous!

– Il n'y a plus de barrière, maintenant. Il n'y en aura jamais plus entre nous. Je vous aime, Ilona, je vous protégerai et vous vénérerai le restant de ma vie.

– Je ne demande pas autre chose: simplement demeurer dans vos bras. Comme hier, quand vous m'avez sauvée des Sandjaks.

– J'ai eu beaucoup de mal à ne pas vous embrasser, alors! J'ai souffert tous les tourments de l'enfer en apprenant que ces brutes sauvages vous avaient enlevée pour vous faire disparaître dans une cachette que je n'aurais pas été capable de découvrir!

– Je me suis demandé si mon père ne les avait pas payés..., suggéra-t-elle.

– Effectivement. Plusieurs captifs ont reconnu que le roi leur avait offert une importante somme d'argent pour vous emmener jusqu'aux grottes où ils se terrent dans la montagne. Grâce à Dieu, j'ai eu l'idée de me promener à cheval dans la direction du fleuve à la fin de ma réunion. Et je suis tombé sur le valet qui vous accompagnait.

– Pourquoi mon père m'a-t-il traitée de cette façon? Et où est-il à présent?

– On m'a rapporté qu'il avait franchi la frontière.

– Reviendra-t-il en Doubrozkha?

– Je ne le pense pas. Nos troupes occupent les cols, et maintenant que les deux factions sont réconciliées, il n'y aura plus de prétexte pour une intervention étrangère.

Le prince sourit à Ilona.

– J'ai complètement oublié la raison pour laquelle je vous cherchais! Le Premier ministre et les membres de son cabinet désirent vous entretenir.

– Pourquoi n'êtes-vous pas venu me voir plus tôt? murmura la princesse avec une pointe de ressentiment.

– Je ne savais pas que vous étiez ici. Je vous croyais au château. Le capitaine Sandor m'a fait part de votre présence au palais il y a seulement quelques minutes. Je pensais qu'il avait exécuté mes ordres et vous avait ramenée en lieu sûr.

Il secoua Ilona par les épaules en riant.

– Ne m'avez-vous pas promis obéissance le jour de notre mariage?

– Je ne voulais pas vous quitter...

– Voilà une excuse valable! Vous êtes pardonnée.

Il déposa deux baisers sur les joues d'Ilona, puis ajouta :

– Il faut descendre, ma chérie. Nous trouverons un petit moment, plus tard dans la journée, pour voir si vraiment vous ne me détestez pas.

– Je vous aime, Anton, tellement plus que des mots ne peuvent l'exprimer!

– Si vous me parlez ainsi, le Premier ministre devra nous attendre longtemps!

151

– Faisons notre devoir, soupira la princesse.

Anton l'aida à se mettre debout et se leva à son tour pour la serrer dans ses bras, si fort qu'elle pouvait à peine respirer.

– Tu es à moi! chuchota-t-il. A moi, tout entière. Je suis même jaloux de l'air que tu respires!

Ilona frémit en percevant l'ardeur qui faisait vibrer sa voix. Elle gagna la porte en s'efforçant de défriper sa robe.

– Je ne peux pas descendre dans l'état où je suis. Il faut au moins que je me lave les yeux.

– Je te trouve ravissante comme cela!

Ils marchèrent main dans la main jusqu'à la chambre d'Ilona. La jeune fille se passa de l'eau fraîche sur le visage, et le prince prit plaisir à lui essuyer les joues et le cou avec une serviette.

– J'ai bien envie d'enlever les épingles de tes cheveux pour les faire tomber sur tes épaules! s'exclama-t-il.

– Vous m'avez déjà vue comme cela...

Elle parlait d'un ton mal assuré, car ils étaient tout près, dans la garde-robe aux volets mi-clos où régnait une douce pénombre.

– J'ai vu tes cheveux, mais je ne les ai pas touchés. Jamais plus, m'entends-tu, jamais plus tu ne te montreras en public en négligé, comme hier quand tu es venue dans la salle d'armes!

Sa manière de parler, si pleine d'autorité, fit frémir Ilona.

– Je croyais que je ne vous intéressais pas et que mon aspect n'avait aucune importance...

– Mais je suis intéressé, reprit-il en insistant sur le dernier mot, et tu devras te conduire désormais avec la plus grande correction!

Ilona éclata de rire.

152

– Voilà cinq minutes, vous me demandiez d'être toujours simple et spontanée!

– Seulement avec moi! Avec les autres, il te faudra rester froide et altière, comme une fée des glaces.

– Je ne pourrai plus, maintenant..., murmura-t-elle.

Après s'être recoiffée, Ilona descendit l'escalier au bras du prince, le visage rayonnant de bonheur.

Ce fut en atteignant la porte de la salle du trône qu'elle se demanda pourquoi le Premier ministre désirait lui parler. Mais il était trop tard pour y réfléchir. Elle entra dans la vaste pièce où étaient réunis tous les membres du gouvernement.

Le Premier ministre s'inclina devant elle et lui baisa la main.

– Votre Altesse Royale, en l'absence de Sa Majesté nous nous sommes réunis pour parler de l'avenir de la monarchie. Or, voici une demi-heure, une dépêche nous a été remise qui bouleverse complètement les conclusions auxquelles nous étions parvenus.

– Que dit cette dépêche? demanda la princesse.

Andréas Fülek s'était tourné vers le prince Anton.

– Le porteur venait en réalité pour vous, Votre Altesse. Il s'agit d'un officier en service dans la montagne, sur la frontière de l'Est.

– Que s'est-il passé? s'enquit le prince.

– Hélas, j'ai le très grand regret d'apprendre à Son Altesse Royale que son père, Joseph III, est mort...

Ilona se raccrocha au prince car, au lieu d'une grande douleur, elle éprouvait un soulagement qui lui donnait le vertige. Même en exil, le roi représen-

153

tait une menace pour son pays. Maintenant, cette menace n'existait plus.

– Comment a-t-il trouvé la mort? demanda le prince.

– Certaines rumeurs racontent que le tsar ne lui a pas fait bon accueil. Celui-ci était venu de Moscou surveiller les progrès de ses troupes et il a été très déçu de la résistance rencontrée en Doubrozkha. Aussi n'a-t-il pas reçu Sa Majesté avec l'amabilité que le roi espérait. Ce dernier s'est mis en rage et dans sa fureur il a saisi son pistolet et tué trois militaires de la garde impériale... Un quatrième a sorti son arme pour se défendre : il a tiré... Le roi est mort sur le coup.

Le Premier ministre considérait Ilona d'un air de compassion.

– Au nom de mes collègues et de moi-même, daignez recevoir, Votre Altesse, nos sincères condoléances.

– Je vous remercie...

Un silence tomba, puis Andréas Fülek reprit sur un ton différent :

– Votre Altesse Royale comprendra que le pays doit être gouverné. Aussi vous proposons-nous non la régence du Doubrozkha comme nous en avions l'intention, mais la couronne!

Ilona se tenait toujours au bras du prince. Elle répondit avec émotion :

– Vous me faites un grand honneur en m'offrant d'être reine de ce beau pays, mais je considère que les circonstances actuelles rendent très lourde cette tâche. En un mot, trop lourde pour une femme.

Le Premier ministre la regardait avec surprise. Elle poursuivit :

– Je refuse votre proposition, mais je suggère

154

qu'après plusieurs rois de la famille Radak, un Saros monte maintenant sur le trône!

Il y eut un murmure dans la salle, plutôt d'approbation que de mécontentement.

– Je désire le bien de mon peuple! Je veux servir mon pays! Pour que le Doubrozkha connaisse la paix et le bonheur, je ne vois personne de plus apte à le gouverner que mon mari, le prince Anton!

Elle leva les yeux vers le prince, qui posa la main sur la sienne dans un geste d'encouragement. Puis elle conclut :

– Je ne désire pas d'autre titre que celui d'épouse du roi.

Le prince regardait Ilona droit dans les yeux en souriant, tandis qu'une acclamation vibrante s'élevait.

– Au nom des personnes présentes, déclara le Premier ministre, j'accepte la décision de Votre Altesse Royale, de tout cœur et sans réserve!

Andréas Fülek fit un pas vers le prince.

– Anton Saros, acceptez-vous la couronne du Doubrozkha?

– Oui.

La voix du prince était profonde et assurée.

– Le roi est mort, vive le roi! crièrent en chœur tous les assistants.

Puis le Premier ministre mit un genou en terre, imité immédiatement par la salle tout entière.

Le prince conduisit lentement Ilona jusqu'au trône réservé à la reine, puis il lui baisa la main avant de prendre place sur l'autre trône.

Alors Andréas Fülek se releva et, le premier d'un long cortège, il vint faire serment de fidélité au nouveau roi.

Beaucoup plus tard, dans la soirée, Ilona en robe de cour gravit l'escalier d'honneur au bras de son mari.

Sa toilette était de tulle vert retenu sur les côtés par des bouquets d'orchidées blanches. Sa robe rappelait ses yeux et rehaussait encore l'éclat de sa chevelure.

Avant le dîner une grande parade avait rassemblé les troupes Radak et Saros. Après avoir passé les régiments en revue, Ilona remarqua au retour un campement de Bohémiens, non loin des grilles du palais.

— J'ai été accusé à tort! lui dit le prince en désignant d'un geste les tentes multicolores.

— Par qui?

— Par vous!

Ilona le regarda d'un air surpris et il expliqua:

— Ces Gitans ne sont pas venus pour moi, mais pour vous!

— Pour moi?

— Comme le roi était parti, ces gens ont pensé que vous aviez le pouvoir de changer les lois qui les excluent du pays.

— Oh! Comment pouvais-je deviner que telle était la raison de leur venue?

— Vous devez apprendre à me faire confiance, ma chérie!

Le regard du prince portait un message qui fit délicieusement trembler Ilona.

Hélas, il n'était plus temps de converser en privé: un grand dîner avait été improvisé pour cinquante convives, mettant le chef du palais à rude épreuve!

Les invités ne s'attardèrent pas après le repas. On parla des préparatifs du couronnement, des festivi-

156

tés pour célébrer la victoire. Et Ilona et Anton en profitèrent pour rejoindre leurs appartements.

— Vous serez le plus beau des rois que notre pays ait connus! s'écria Ilona en atteignant le haut de l'escalier.

— Et comment trouver une reine aussi jolie, même en cherchant dans le monde entier?

Elle eut un petit soupir joyeux et remarqua, en pénétrant dans sa chambre, qu'il n'y avait aucune cameriste pour l'aider à se dévêtir.

Anton entra juste après elle et ferma la porte.

— J'ai dit à la femme de chambre qu'elle pouvait disposer..., déclara-t-il en souriant.

Ses yeux étincelaient. Il enlaça Ilona.

— Je ne peux plus attendre! Je te veux pour moi seul!

Il retirait avec impatience les épingles qui maintenaient la chevelure d'Ilona en un chignon bouclé. Une masse de cheveux couleur de feu tomba sur ses épaules et le prince en saisit une poignée pour y poser ses lèvres avant d'embrasser longuement celles d'Ilona.

— Tu es mienne, dit-il enfin. Entièrement mienne. Cette nuit je vais pouvoir enlever tes vêtements comme je rêve de le faire depuis que nous sommes mariés!

— Vous m'intimidez..., chuchota-t-elle.

— J'aime quand tu es timide, et non quand tu es orgueilleuse!

— Je n'étais pas orgueilleuse, simplement un peu fière, à cause de mon éducation. Maintenant je serai fière parce que je suis votre femme, et fière d'avoir un si merveilleux mari, qui m'aime...

Elle ne put en dire davantage : Anton l'embrassait avec une passion qui éveillait en elle les flammes du

157

désir. Un brasier ardent qui les empêchait tous deux de penser, de réfléchir. Plus rien n'existait que leur mutuelle attirance.

Ilona sentit les doigts d'Anton défaire les boutons qui fermaient sa robe, puis les lacets qui retenaient ses jupons à la taille. Une mousse d'étoffes légères tomba sur le tapis et le prince porta sa femme dans ses bras pour la déposer sur le lit.

Tenant sa bouche captive sous la sienne, il l'entraîna dans un royaume inconnu où il n'y a plus ni orgueil ni fierté.

Rien qu'un amour immense et toujours renouvelé...

Achevé d'imprimer sur les presses de l'imprimerie Brodard et Taupin
7, Bd Romain-Rolland, Montrouge. Usine de La Flèche,
le 15 décembre 1983
1440-5 Dépôt Légal décembre 1983. ISBN : 2 - 277 - 21570 - 8
Imprimé en France

Editions J'ai Lu
27, rue Cassette, 75006 Paris
diffusion France et étranger : Flammarion